中華文化基本叢書

白巍　戴和冰　主編

04

CHINESE LEGENDS
AND MYTHS

方銘　朱聞宇　謝君　著

中國神話傳說

文明的童年

總　序

　　時下介紹傳統文化的書籍實在很多，大約都是希望通過自己的妙筆讓下一代知道過去，了解傳統；希望啟發人們在紛繁的現代生活中尋找智慧，安頓心靈。學者們能放下身段，走到文化普及的行列裏，是件好事。《中華文化基本叢書》書系的作者正是這樣一批學養有素的專家。他們整理體現中華民族文化精髓諸多方面，取材適切，去除文字的艱澀，深入淺出，使之通俗易懂；打破了以往寫史、寫教科書的方式，從中國漢字、戲曲、音樂、繪畫、園林、建築、曲藝、醫藥、傳統工藝、武術、服飾、節氣、神話、玉器、青銅器、書法、文學、科技等內容龐雜、博大精美、有深厚底蘊的中國傳統文化中擷取一個個閃閃的光點，關照承繼關係，尤其注重其在現實生活中的生命性，娓娓道來。一張張承載著歷史的精美圖片與流暢的文字相呼應，直觀、具體、形象，把僵硬久遠的過去拉到我們眼前。本書系可說是老少皆宜，每位讀者從中都會有所收穫。閱讀本是件美事，讀而能靜，靜而能思，思而能智，賞心悅目，何樂不為？

　　文化是一個民族的血脈和靈魂，是人民的精神家園。文化是一個民族得以不斷創新、永續發展的動力。在人類發展的歷史中，中華民族的文明是唯一一個連續五千餘年而從未中斷的古老文明。在漫長的歷史進程中，中華民族勤勞善良，不屈不撓，勇於探索；崇尚自然，感受自然，認識自

然，與自然和諧相處；在平凡的生活中，積極進取，樂觀向上，善待生命；樂於包容，不排斥外來文化，善於吸收、借鑒、改造，使其與本民族文化相融合，兼容並蓄。她的智慧，她的創造力，是世界文明進步史的一部分。在今天，她更以前所未有的新面貌，充滿朝氣、充滿活力地向前邁進，追求和平，追求幸福，勇擔責任，充滿愛心，顯現出中華民族一直以來的達觀、平和、愛人、愛天地萬物的優秀傳統。

　　什麼是傳統？傳統就是活著的文化。中國的傳統文化在數千年的歷史中產生、演變，發展到今天，現代人理應薪火相傳，不斷注入新的生命力，將其延續下去。在實踐中前行，在前行中創造歷史。厚德載物，自強不息。是為序。

湯一介

序

　　浩渺的宇宙中，人類在地球這顆美麗的星球上繁衍生息。在人類的童年時期，他們對於世界作出了充滿想像的解釋；在上古沒有文字的時代，他們以口耳相傳的方式記錄和傳唱出充滿傳奇色彩的歷史。這些講述遠古神靈和英雄故事的神話傳說，一些被後世的書籍保存下來，一些依然流傳在民間，使得現今的我們依然能夠看到上古居民在蒙昧時期創造的文明曙光。

　　「神話」是關於神的故事，發生在人類早期，代表了人類蒙昧時期對自然、社會、人類的充滿幻想的認識，是各個民族在誕生初期必然經歷的一種文化現象。神話也是原始人認識自然，適應自然，改造自然的成果。原始人缺少必要的科學知識，借助想像來認識自然；原始人受到自然的威脅，借助神力來改造自然；原始人沒有力量和自然抗衡，創造了超自然的神來與自然抗衡；原始人對現實中的人，也把他神化，即英雄化或者妖魔化、鬼怪化。

　　在中國古代傳說中，常常「神仙」連文，但是，神和仙雖然都具有超

自然的神奇力量，二者的區別也是明顯的：神的特異性是與生俱來的，而仙的特異性是後天修行得來的。人通過後天修行，練就長生不死之術，飛升上天，則為仙人。所以，神的出現時代應在早期蒙昧時代，而仙的出現則是人的生命意識覺醒後，認識到生命短促，追求長生不死的文化意識的產物。人通過修行實現了長生不死，也就意味著具有了神的部分能力，所以，仙就有了和神一樣的區別於人類的超能力。因此，在關於中國古代文化的闡釋之中，我們提到神話，往往也就包含了仙話。

所謂「仙話」，就是關於長生不老的神仙的故事。當然，同一個人物在不同故事中可能是神，也可能是神仙。根據中國古代文獻記載，仙主要出現在春秋戰國時期，特別是漢代道教流行以後。神話是世界各國普遍存在過的，仙話則具有中國特定的文化氛圍。

「傳說」本意是指口頭的敘事文學，由於神話或者仙話都是來源於口傳，所以，神話本身就是傳說的一部分。傳說本身未必不是真實發生過的事情，但是，神話傳說則肯定不是真實發生過的事情。所以，當我們說神話傳說的時候，特指神話故事。

世界上每個歷史悠久的民族，都產生過大量富於想像、奇偉綺麗、美妙動人的神話傳說。譬如傳唱於古希臘的《伊利亞特》和《奧德賽》，孕育於古印度的《摩訶婆羅多》和《羅摩衍那》，或是生成於兩河流域的古希伯來詩篇，都是被世人所熟知的經典。在當今科學昌明的時代，這些神話傳說往往顯得離奇與荒誕，然而在傳唱這些故事的古代居民看來，它們彙聚了當時的宗教、哲學、科學和歷史，是他們的精神財富，是當時的知識寶庫。

當你領略過上述鴻篇巨著後，開始翻看中國神話傳說時，第一印象便是中國的神話傳說大多篇幅短小，並且散見於各種古籍之中。中國的神話傳說故事有些像小小說，三言兩語就是一個完整的情節，並且意味無窮。

如果擷取這些小小說，想仿照奧林匹斯山上眾神的譜系，也來梳理一下中國神靈的序列，你會發現這個工作難以完成——中國神靈間的關係非常鬆散。他們各自的故事異彩紛呈，不能按照譜系的方式構建關係，只是在看似散亂間具備著精神上的共通。

　　中國神話傳說雖然不成系統，但內容卻十分豐富，這與中國神話傳說的生成背景有關。考察文化發展歷史，雖然中國文化和西方文化都致力於開啓未來，但中國文化注重在繼承歷史的過程中實現文化的發展和超越，而西方文化則強調在發展和超越中實現繼承。西方神話傳說主要產生於兩千多年前的古代希臘，地域有限，社會族群差異不大，所以其故事情節相對比較一致，形成了基本統一的神話體系。後來羅馬帝國征服希臘，並全面接受其神話傳說。比如希臘的主神宙斯，被羅馬人改名爲朱庇特。希臘的愛神阿佛洛狄忒被羅馬人改名爲維納斯。但是，羅馬神話傳說的基本內容沿襲了希臘神話傳說。隨著羅馬人不斷地擴張，希臘神話傳說便在各地傳播開來。西方神話傳說的體系基本是古代希臘人確定的。而中國神話傳說的生成卻是「百川歸海」式的。在上古時代的黃河、長江流域，各氏族在一個相對獨立而又互相聯繫的空間中發展著自己的文化，相同的神話母題在不同的地域中表現出具有地域特色的神話形態，雖然看起來瑣碎，但內容卻涵蓋了上古生活的主要方面。這些母題相近、形式多樣的神話傳說彙集在一起，就共同構成了中國神話傳說的基本面貌。

　　我們從《山海經》、《天問》等作品表達出的信息來看，黃河、長江流域分別孕育出了燦爛輝煌的神話傳說。關於宇宙起源、人類演進、器具發明以及對天文地理的解釋都有神話傳說的記載，並且往往某一種題材就有好幾種神話傳說來解釋。中國古代文明歷史悠久，今天的考古發現，可以把中華民族的文明歷史上溯到近萬年前，中國幅員遼闊，早期階段部落和地域之間聯繫甚少，文化交流不充分，使得中國神話傳說在形成過程中

沒有被整合成一個單一的系統。

　　既然有這麼豐富的神話傳說，為什麼傳至後世就成為了支離破碎的片段呢？這與中國神話傳說的流傳歷史有關。

　　各民族神話傳說傳播方式最初都是傳唱式的，如《荷馬史詩》，中國的神話傳說也是如此，然而中華文明相對於古希臘文明來說是一個早熟的兒童，理性精神崛起得比較早。伏羲作為中國的人文始祖，創造了以《周易》為代表的理性文化，而根據《尚書》、《史記》等典籍的記載，唐堯、虞舜以下，都是理性精神主導社會的主流意識形態，因此，文化菁英重人事而輕鬼神的思想非常濃厚，如孔子「不語怪、力、亂、神」。這種充滿理性精神的早慧使得菁英們書寫的文獻很少關涉到口頭流傳的神話傳說，而口耳相傳的神話傳說在後世又改頭換面漸變為民間故事，人們也不把它們當做神話傳說看待了。

　　此外，中國古代記錄到竹帛書簡中得以保存的神話傳說也往往被古人歷史化和理性化了，這是中國神話傳說獨特的保存現象。有的學者主張中國史學成熟較早，很多神話傳說被理性地詮釋，成為了歷史。比如神話傳說中夔是一條腿的怪物，《說文解字》說：「夔，神魅也，如龍一足。」《六帖》說：「夔，一足，踔而行。」而《孔叢子·論書》記載，魯哀公問孔子說：「吾聞夔一足，有異於人，信乎？」孔子回答說：「昔重黎舉夔而進，又欲求人而佐焉。舜曰：『夫樂，天地之精也，唯聖人為能和六律，均五音，知樂之本，以通八風。夔能若此，一而足矣。』故曰，一足非一足也。」魯哀公說：「善。」孔子對「夔一足」的解釋為只要有夔一位輔佐政治，就足夠了。顯然，魯哀公把作為神話中的怪獸之「夔」和歷史人物中的「夔」混為一談，而博學廣聞的孔子不可能不知道神話傳說中的「夔」，但他不認同神話傳說的虛構性，因此，並沒有糾正魯哀公的張冠李戴，而是對魯哀公的張冠李戴進行了理性的詮釋，以此來消解神話傳

說的影響。孔子的解釋也說明魯哀公和孔子並不認爲商周青銅器的獨腳龍紋就是「夔龍紋」。

中國神話傳說雖然顯得零碎而不成系統，但是所表露出的走出蠻荒的偉大歷程中所培育及發揚的「善」的美德，卻正是中國人早熟的理性精神的根本。中國神話傳說中的神是人類的保護者，是愛人者，是眞、善、美的化身。如補天的女媧、射日除害的羿，這些神明與英雄以自我犧牲的精神爲百姓創造著福祉；又如精衛填海、夸父追日，昭示了中國上古早期居民正義、善良、勤勞、勇敢、樂觀、豪邁的品格。

而在古希臘神話傳說中，眾神則多與嫉妒、仇恨、懲戒、復仇、災難相關，他們都具有人的情感，時不時因爲自私與欲望做出點邪惡的事來，在形象上古希臘的神具有的也是人的形體，我們可以稱之爲「神人同形，神人同性」。

中國神話傳說中掌握強大力量的神與英雄卻是脫離了人的慾望，常常以半人半獸的形象出現，懷抱超凡脫俗的神性與愛人的美德，保護著弱小的人類。可以說中國神話傳說從一開始就注重人的社會性，而這一性質也使得神話傳說蘊含的道德精神更加容易被人的理性所掌握，神話傳說與歷史更加易於交融：中國古人不僅以歷史的態度解釋神話傳說，還常常給歷史穿上神話的外衣，比如《穆天子傳》就是把歷史上有著卓絕功勳的周穆王附上了強烈的神話色彩，把歷史變成爲後世所津津樂道的神話故事。

中國神話傳說反映原始人認識自然、改造自然的願望，傳達了早期居民的民生疾苦，也體現原始人追求社會公正、反抗暴力和邪惡的自由意志。如關於開天闢地、女媧補天、女媧造人、大禹治水、后羿射日、共工與顓頊爭爲帝等神話，就是反映原始人認識自然的形成、自然現象，改造自然、改造人類的生存境遇的努力；洪水神話，太陽神話，實際是水災、旱災現實困境的反映；黃帝與炎帝的戰爭、精衛填海，甚至原始人與自然

界邪惡勢力的鬥爭，都是原始人希望消除現實霸權，掌握自己命運的自由意志的體現。中國古代神話在藝術上可以看做是一種對後代敘事文學有深遠影響的一種文學形式，但是這種敘事形式，是簡潔的，沒有敷衍的，這與西方神話完全不同。當然，這其中可能有中國古代神話在早期就脫離傳說時期，而以文字記錄的緣故，但是，這種現象，使我們有理由推斷，中國古代神話，特別是在中原地區流傳的神話故事，是中國古代文學崇尚簡潔的藝術精神的源頭。同時，中國古代神話所具有的想像性、虛構性，把自然人化，把人神化、妖魔化的想像力，也給中國文學的想像性提供了可資借鑒的傳統。中國神話傳說立足於改善現實人的自然、社會境遇，使中國古代文學一直體現出以人為本、以社會弱勢群體為本的特點；同時，中國古代神話也不斷成為中國古代文學的表現素材，神話的綺麗想像，以及藝術化的表現手法，充滿正義、崇高的英雄人物形象，都成為中國古代文學——無論是如《楚辭》這樣的充滿崇高悲愴情結的詩歌，還是《西遊記》這樣幽默滑稽的小說——所積極汲取的養分。

中國神話傳說包括自然神的故事、英雄神的故事，以及異人異物的故事。自然神神話，如風神飛廉、雨師屏翳、水神共工、旱神女魃、火神祝融的故事。英雄神的故事，如以女媧、后羿、黃帝等為主人公的神話。異人異物神話，比如羽民國，國民長有翅膀，可以自由飛翔；讙國的國民人面，鳥喙，有羽翼，以捕魚為生；奇肱國的人臂長，乘飛車。而自然神和英雄神的故事是最能代表中國神話傳說特徵的部分，因此，本書以自然神和英雄神的神話傳說為分析的重點。

中國神話傳說是現實與理想的結合，是悲劇與崇高的結合，它集中地反映了中華民族的民族精神：不斷追求真理與正義，對理想充滿憧憬；不畏強權和霸權，並把這種民族精神作了藝術概括。本書力求通過對中國神話傳說的闡述，給讀者展現中國神話傳說的豐富內涵和不朽的感染力。

目　錄

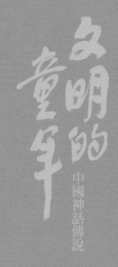

文明的童年
中國神話傳說

①

流動的精神家園
——中國神話傳說的著錄及特點

▌ 早期與神話傳說相關的文獻

在浩如煙海的中國古代文獻典籍中，中國神話傳說就如同無數零珠碎玉，嵌布於茫茫古籍之中，需要我們淘沙揀金。如果對記錄中國神話傳說的重要典籍缺乏必要的了解，那麼要想從如此浩瀚的資料中了解中國神話傳說真不是一件容易的事。

在所有的中國古代文獻典籍中，《山海經》最有神話學價值，被後人稱為「神話之淵府」，是中國先秦時代記錄神話最多的古籍，羲和生日、常羲生月、夸父逐日、精衛填海、鯀腹生禹、刑天爭帝、黃帝戰蚩尤等神話故事，都出自或僅見於《山海經》。但古代中國人一般將《山海經》視為記錄世界真實情況的地理著作。很少有人意識到《山海經》其實是運用神話的方式記錄了古人的地理知識，當中包含了不少神怪及神話故事。

《山海經》內容豐富，記述怪誕，以地理方位分章記錄描述了許多人獸同體的神怪和形形色色的奇人異物。其中《海外北經》記錄著龍身人頭、鼓著肚子的雷神，鳥身人面、乘著兩條龍的木神以及人面蛇身、通體紅色、身長千里的鐘山之神（即燭龍）等；《海外西經》載有一臂國（圖1-1），那

3

圖1-1　一臂國，《山海經・海外西經》（蔣本）（曾舒叢/摹）

海外自西南向西北有很多國家，一臂國在三身國的北邊，這裏
的人一臂、一目、一鼻孔。畫中一臂國國民騎著黃馬，馬的花
紋是老虎的虎紋，一目，而前蹄則是人手，且也僅有一隻。

裏的人只有一隻臂膀、一隻眼睛、一個鼻孔；還有
一個奇肱國，那裏的人一隻手臂，三隻眼睛，有陰
有陽，能夠製作類似飛機的「飛車」御風而行，此
外還有羽民國、長臂國、不死國、大人國、小人國
等。上述奇神怪物在《山海經》中可謂琳琅滿目、
數不勝數。與此同時，《山海經》中的神話雖也多
屬片段式記載，但不少故事已有清晰的輪廓，營造
了一個奇幻的神話世界。在這些充滿豐富幻想的奇
談怪論的背後，隱藏著的是上古時代的文化風俗和
人類理想，反映了中國上古早期居民對世界多方面
的探索。

圖1-2　西漢淮南王劉安，
《瑞世良英・卷一・潛確
類書》插圖

劉安，沛郡豐（今江蘇豐
縣）人，西漢時期思想
家、文學家。劉安為人好
書，不喜戈獵馳騁，招致
賓客方術之士數千人，
由其門客編纂了《淮南
子》。《淮南子》以道家
思想為指導，吸收諸子百
家學說，在闡明哲理時，
旁涉奇物異類、鬼神靈
怪，保存了一部分神話傳
說材料。

漢淮南王曰聖人者不耻身賤而愧道之不行

不憂命之短而憂百姓之窮也故禹爲水以身

解於陽盱之河湯爲旱以身禱於桑林之下

潛確類書

《淮南子》又名《淮南鴻烈》、《劉安子》，是西漢宗室淮南王劉安（圖1-2）（前179－前122）廣招賓客彙集編寫而成。《淮南子》的神話學價值在古代典籍中僅次於《山海經》。書中對神話的搜羅十分宏富，如海外三十六國、崑崙山、九州八極等。而其最大的功績和貢獻就是比較完整地記錄和保存了中國著名的四大神話：女媧補天、共工怒觸不周山、后羿射日、嫦娥奔月。這四大神話傳說在《淮南子》之前的典籍如《歸藏》、《竹書紀年》、《山海經》、《楚辭·天問》、《呂氏春秋》中曾以不同面貌出現過，但都是幾句話的陳述，到了《淮南子》，故事的細節才豐富起來。

《穆天子傳》，又名《周穆王遊行記》，是西周的歷史神話典籍之一。《穆天子傳》（圖1-3）主要記載周穆王率領七萃之士，駕上赤驥、盜

圖1-3 穆天子會見西王母，東漢畫像石

整個畫像石分上中下三層：上層是天域，有飛龍；中層是大地，有駿馬；下層是海域，有魚類坐騎；畫面正中央是仙閣，頂層居中端坐的即是西王母，正遠眺穆天子的到來。

驪、白義、踰輪、山子、渠黃、驊騮（也做「華騮」）、綠耳等駿馬，由造父趕車（圖1-4），伯夭（也做「柏夭」）做嚮導，從宗周出發，越過漳水，經由河宗、陽紆之山、群玉山等地，西到西王母之邦，和西王母宴飲酬酢的神話故事。本書應是根據神話材料編寫的歷史傳說故事，但書中所記崑崙山、周穆王會西王母故事，有極強神話特點，所以，可以說《穆天

圖1-4　罔作大正圖，[清]孫家鼐(1827－1909)《欽定書經圖說》插圖

造父是西周善御者，傳說他在桃林一帶得到八匹駿馬，調馴好後獻給周穆王，此圖正是造父獻馬的場景。周穆王見西王母時徐偃王造反，造父駕車日馳千里，使周穆王迅速返回了鎬京，及時發兵平定了叛亂。造父有功，周穆王把趙城賜給他，於是造父族以地為氏，成為趙國始族。

子傳》是有神話傳說特色的歷史傳說，所以，其敘事較其他神話傳說更具敘事藝術性。

「楚辭」本是戰國時代的偉大詩人屈原創造的一種詩體，漢代的劉向將屈原（圖1-5）的楚辭體詩歌與宋玉等人學習屈原而寫的作品編輯成一個集子，名爲《楚辭》。《楚辭》中保留了較多的神話材料，主要體現在屈原的作品之中，其中尤以《天問》一篇爲最。在《天問》中，屈原運用了大量的神話作爲素材，有上古神話中的動物、植物，如吞象的大蛇、照明的燭龍、神奇的應龍（圖1-6）、九首的雄虺、發光的若華等；也有盤古開天、鯀禹治水等英雄神話。其中有些材料較其他書所載更接近於神話的原始面貌，因此具有很高的學術價值。但是屈原只是採用提問的方式，以詩句的形式隻鱗片羽般提及某些神話，想要了解所涉神話的整個背景，必須與其他神話文獻對讀。

《詩經》原稱《詩》，是由孔子（圖1-7）編撰的我國第一部詩歌總集，收錄殷商中後期及西周初年至春秋中葉五百多年間的詩歌作品三百零五首。《詩經》在內容上分風、

圖1-5 屈原像，[清] 任熊/繪

屈原（約前340－約前278），名平，字靈均，爲楚懷王左徒，博聞強記，明於治亂，嫻於辭令，後因讒言而被楚懷王流放，最終投汨羅江而死。屈原是中國最偉大的浪漫主義詩人之一。畫中屈原佩劍執蘭，蘭象徵著高潔美好的人格。

8

圖1-6 應龍，《山海經·大荒東經》（蔣本）（曾
舒叢/摹）

應龍是黃帝的神龍，有翼，曾奉黃帝之令討伐過蚩
尤，並殺了蚩尤而成為功臣。屈原在《天問》中以
「河海應龍，何盡何歷？鯀何所營？禹何所存？」
的詩句對禹治洪水時應龍曾以尾掃地疏導洪水而立
功的神話故事表達了疑問。

雅、頌三類，其中雅又分為大雅和小雅。大雅和頌中有關史詩內容的詩

篇，是商、周民族史詩，其來源本應早於商、周時代，基本可以追溯到五

帝時代，因此，在史詩敘述中，包含有神話內容，就是可以理解的了。如

《商頌·玄鳥》就記錄了商部族始祖契的誕生神話：有娀氏之女簡狄吞下

燕卵而生契。又如《大雅·生民》，則記錄了周部族始祖后稷降生的神奇

經歷，其母姜嫄踩了巨人的腳印便懷孕生下了后稷。這些神話雖然是零星

圖1-7 孔子像（曾舒叢/摹）

孔子（前551－前479），中國歷史上
偉大的思想家和教育家，儒家學派的
創始人。他整理編訂了《詩經》《尚
書》《禮記》《樂經》《周易》《春
秋》。在天道觀上，孔子認為「天」
「命」「鬼神」都是「六合之外」可
以「存而不論」的東西，不否認天命
鬼神的存在，但又對其持懷疑態度，
主張「敬鬼神而遠之」，對於神話也
一直保持著理性的態度。

的片段，但卻反映出中國上古早期居民借助於想像構建部族歷史的意圖。

此外，由於神話本身具有簡明而深刻的寓意，先秦諸子為闡述自己
的理論而時常引用或改造神話，因此如《莊子》、《孟子》、《墨子》、
《韓非子》、《呂氏春秋》等子書中均保留了一些神話資料。其中以《莊
子》一書的神話資料最多。《莊子》主要部分是戰國時期的莊周所著，全
書分內篇、外篇和雜篇三個部分，基本闡述了莊子學派的學術觀點。《莊
子》以寓言為最主要的表現方式，其中有些寓言即是神話（圖1-8），而另
一些則往往是對上古神話的改造，如鯤鵬之變、黃帝失玄珠、倏忽鑿渾沌

等。其中，倏忽鑿渾沌被認爲是中國宇宙起源神話之一，反映了中國人的宇宙觀。

還有一些先秦的史書中也保存有珍貴的神話材料，如《左傳》、《國語》、《逸周書》等，這些史書中的神話大多經過史家的改造，藉以說明古代的歷史，但仍殘留有原始神話的影子，形成了中國神話與歷史相互融合的古史觀，影響到後世史書的創作。

總之，中國記載有神話傳說的古籍眾多，這些古籍對神話傳說的保存與流傳起到重要的作用，是我們了解漢民族神話傳說的主要材料；但是這些古籍中未能出現系統而專門的神話傳說著作，所以要想全面地了解中國的神話傳說還需後人的爬梳整理。

圖1-8　莊周夢蝶，[清末民初] 馬駘/繪（曾舒叢/摹）

故事出自《莊子·齊物論》：「昔者莊周夢爲蝴蝶，栩栩然蝴蝶也，自喻適志與！不知周也。俄然覺，則蘧蘧然周也。不知周之夢爲蝴蝶與，蝴蝶之夢爲周與？周與蝴蝶，則必有分矣。此之謂『物化』。」此類運用奇偉想像而作的寓言，來自於神話思維，畫中臥睡的莊子，正在展開無邊的神話想像力，沉浸在不知自己夢蝶還是蝶夢自己的物我齊一的境界中。

▍與歷史真實的糾結

　　中國是一個歷史悠久的文明古國，文明之花在中華大地上薪火相傳，生生不息。由於十分注重文化傳承，中國的史學很發達，歷史著作汗牛充棟，從黃帝時代一直到今天，整個文明進程中都有官修正史的記載。中國的神話傳說也十分豐富，並且始終處於一種開放發展的狀態，舊的神話傳說不斷變化發展，新的神話傳說不時產生。歷史與神話傳說有著天然的聯繫，歷史往往是神話傳說的來源，經過幻想的加工，附著上神話色彩；神話傳說有時也是歷史事件的演繹，因此，後人也試圖從神話中尋繹歷史真實事件的痕跡。歷史與神話傳說的糾結在中國古代文獻，特別是在古代口傳文獻中表現得尤為突出。

　　由於歷史久遠，文字記載的簡略，傳世文獻的不足，中國的遠古史乃至部分上古史多與神話傳說雜糅在一起。在文字和書寫工具出現以前，歷史在口耳相傳中逐漸被添枝加葉，成為神話的重要載體，或者說歷史被神話化了。比如，羿射日神話可能是對歷史上的一次大旱災的神話化反映；鯀禹治水神話可能是當時的一次大水災留給人們的記憶。黃帝戰蚩尤、黃

帝戰炎帝等戰爭神話也許是當時在部族融合中發生的衝突。而各部族的始祖神話、創造發明神話以及少數民族的史詩神話可以說都是以真實的歷史為基礎，加以神化的產物。

在缺乏文字記載的時期，歷史只能以神話傳說的方式流傳下來，歷史被神話化是不可避免的命運。然而當有了文字之後，歷史也在某些時候依然

圖1-9　高祖斬蛇，[清] 吳友如/繪

漢高祖劉邦，出身平民階級，秦朝時任泗水亭長，畫中斬白蛇之事就在此時。漢代流行讖緯，高祖斬蛇這件事被神話為「赤帝子斬白帝子」。赤帝即「炎帝」，此處代稱劉邦，「白帝子」指的則是秦統治者，「赤帝子斬白帝子」，表明漢當滅秦。

會被演繹成神話傳說。理性的文明社會並不缺乏神話思維，也時常產生新的神話。歷史上的某些偉大人物或重大事件，往往會被附庸上神話色彩，形成新的神話。受始祖神話的影響，後世的帝王總會被多多少少附上神話色彩。如《史記·高祖本紀》記漢高祖劉邦母親劉媼在大澤之陂休息，夢與神交媾，而劉邦父親劉太公見雷電交加，白晝如夜，就去尋找劉媼，卻發現蛟龍正趴在劉媼身上。不久劉媼懷孕，生了劉邦。劉邦隆準而龍顏，美鬚髯，左股有七十二黑子，好酒好色，每醉酒而臥，人們都發現有龍盤桓在他的身上。劉邦任亭長，夜經澤中，曾拔劍斬一白蛇，一老嫗自稱是白蛇之母，哭著對人說她的兒子是白帝之子，被赤帝之子殺害（圖1-9）。劉邦的神異連秦始皇也感覺到了，認爲劉邦所在地「東南有天子氣」，所以東遊，劉邦逃匿，隱於山澤巖石之間，劉邦夫人呂雉發現劉邦藏身處上有雲氣，所以很方便找到劉邦。這些記載，都是爲劉邦披上了神奇外衣。除了劉邦，後來的關羽、岳飛（圖1-10）等英雄人物也均被神化，成爲人們頂

圖1-10 刺字報國，天津楊柳青木版古年畫

岳飛，南宋抗金名將，戰略家、軍事家。畫中描繪岳母姚氏在岳飛背上刺下「精忠報國」四字的傳說故事。這則故事宋人的筆記和野史均無記載，元人所編的《宋史本傳》才有岳飛刺字的故事，但未注明出自岳母之手，而「岳母刺字」則最早見於清乾隆年間的《精忠說岳》，從中可見從歷史到傳說演變的脈絡。

禮膜拜的天神。就這樣，歷史人物成爲了神話傳說的主人公，歷史事件成爲了神話傳說的故事基礎。也正因爲如此，文化人類學的學者們才可能通過神話傳說來研究文化與歷史。

神話的歷史化與歷史的神話化相對，就是把神話看成是歷史或者是把神話轉換爲歷史，使之成爲後人了解沒有文獻記載的上古及遠古時代的重要材料。黑格爾曾在《歷史哲學》中說道：「中國的史家把神話的和史前的事實也算做完全的歷史。」需要指出的是，中國神話傳說的歷史化是以歷史的神話化爲前提的。由於中國神話是在歷史的基礎上產生的，隨著理性精神的崛起，歷史學家對神話化的歷史進行了去僞存眞的還原。

應該說，歷史學家對神話傳說進行歷史的還原有其合理性的一面，只是這種還原給神話傳說造成了巨大損失。

神話的歷史化，通常的做法是把天神下降爲人的祖先，並去掉故事中的神話色彩，使之成爲符合理性的史實，從而構建出一個始祖及其發展譜系。三皇五帝時代由於缺乏文獻記載，成了中國歷史上的神話傳說時代，但通過對神話傳說的歷史性還原，我們仍可依稀看到那

圖1-11　五帝像

「五帝」指上古賢明的帝王君主，因爲年代久遠，其人逐漸被神話。司馬遷《史記‧五帝本紀》說五帝有：黃帝，居五帝之首；顓帝，即顓頊，是黃帝子昌意的後裔；帝嚳，是黃帝的曾孫；帝堯，帝嚳次子；帝舜，虞氏，名重華，又稱虞舜。

段歷史的大致面貌。比如《史記》的開篇就列有《五帝本紀》（圖1-11），以黃帝、顓頊、帝嚳、唐堯（圖1-12）、虞舜（圖1-13）爲五帝，將有關他們的神話傳說寫進了正史之中，作爲中華民族文化與歷史的源頭。五帝在中國文化裏具有極高的地位，他們的時代是最理想的社會，他們的品德是後世無數仁人志士希望企及的理想標竿。然而有關他們的故事又只有神話傳說流傳下來，於是就不可避免地要經歷神話歷史化的過程。

圖1-12 帝堯親民，壁畫，河南登封嵩陽書院道統祠（聶鳴/攝）

堯初封於陶，又封於唐，故有天下之號爲陶唐氏，號曰「堯」，史稱爲唐堯。堯在位百年，有德政，常徵求四嶽的意見，設立謗木，徵求平民意見，舉賢授能，後讓位於舜。壁畫中畫的就是人們寄託心中嚮往的堯的親民形象。

圖1-13　虞舜聖君·大孝感天，《古代二十四孝圖說》插圖

舜青年時就有賢德，傳說舜在歷山務農，象替他耕田，鳥給他
鋤草，只要是他勞作的地方，便興起禮讓的風尚，舜到了哪
裏，人們都願意追隨。帝堯知道了舜的德行，起用他做丞
相，最後讓帝位給他，使他成為著名的聖君。

在神話的歷史化中，上古神話中那些半人半獸的奇異形象和神性，由於違背了經驗理性，且無法被納入歷史譜系中，因而遭到刪減甚至修改。如《尸子》記載孔子的弟子子貢問孔子：「古者黃帝四面，信乎？」孔子回答：「黃帝取合己者四人，使治四方，不計而耦，不約而成，此之謂四面也。」古代黃帝有四張臉的神話，被孔子解釋爲黃帝選出四位能臣治四方的歷史了。儒家思想是中國傳統文化的主流，作爲聖人的孔子對待神話的態度自然也會對神話的流變產生重大的影響。

　　從中國古人的神話與歷史觀可以看出中國古人的思維是神話思維和理性思維的相互糾結和交融。因此中國古代學者可以把記錄神怪的《山海經》當成地理與歷史著作，中國古代的歷史學家可以引用大段的神話傳說來突出某一歷史人物的獨特之處，「不語怪、力、亂、神」的儒家學者可以大倡天人感應、災異學說。

　　其實，中西方神話都與歷史有著難分難捨的牽連。如古希臘神話的特洛伊戰爭未嘗不是歷史上眞正發生過的事實，只是神話將它從純屬人的戰爭神化成了一場由神主導的戰爭。而《聖經・出埃及記》也未嘗不是對以色列先民的一次集體遷徙事件的神話反映，而其嚮導摩西（圖1-14）未嘗不是眞實的歷史人物。這些都可看做是西方早期歷史的神話化。又如古希臘神話中的英雄故事內容豐富，形象豐滿，系統完整，與歷史貌似，這未嘗沒有古希臘人在有意無意間將神話歷史化的因素存在。

　　然而與中國文化不同的是，這樣的現象只存在於西方文明的童年時期，即古希臘和古羅馬時期，當西方文明步入中世紀乃至古典主義時期後，歷史的神話化與神話的歷史化現象可能只有在宗教裏才能找得到。而在中國文化裏，由於童年文明的早熟，未能形成嚴格意義上的宗教，中國人的宗教情結無處宣洩，於是不知不覺中將童年的那份缺失轉移到了身邊的一切。所以在中國傳統文化中雖沒有持續的宗教情結，但卻隨處都流露

圖1-14　渡紅海，濕壁畫，[義] 布隆基諾/繪，義大利
佛羅倫薩古宮藏

畫中的摩西是一個頭上長著高低不同的兩隻角的體格
健壯、鬍鬚低垂的老人。《聖經·出埃及記》記載摩
西帶領受奴役的猶太人逃出埃及，法老派鐵騎追逐。
猶太人前有紅海，後有追兵，上帝命摩西舉起手中的
杖，海水就一分為二，猶太人走過紅海，而後面的埃
及追兵則被復原的海水全部淹死。

出宗教意識。神話與歷史的糾結也多少與此有關。

　　中國人特別擅長幻想與理性相結合的思維方式，所以中國神話也呈現
出一種幻想與理性互存的風格，既不如歷史般理性，又不如西方神話般神
奇。中國文化中神話與歷史的相互糾結而又水乳交融的現象在其他文化中
是很難見到的。這也正是中國文化令西方人感到深奧與神祕的原因之一。

▍ 演化中的故事

　　中國神話傳說是一個開放的體系，其中不少神話應該是在既有的歷史事實的基礎上，不斷敷衍而生成的，而且在生成以後的流傳過程中，又不斷發展變化，或增加，或減少，或變異，新的神話傳說產生，舊有的故事逐漸被遺忘消亡。有些歷史演繹成神話傳說，有些神話傳說被淨化為歷史，原本執掌人類命運的超自然神靈的一部分權力被委任給了某些早已辭世的影響深遠的人類英雄，他們變成了逍遙自在長生不老的神仙，神話就變成仙話。人變成神，神變成人。古老的神話傳說被演繹出不同的版本。甚至還有不同神話傳說相互滲透，不同的神話形象累積疊加，從而形成了神話傳說的故事情節不斷豐富、神話形象不斷豐滿，甚至神話主題也不斷變化的特點。中國神話傳說的豐富性與多系統性也與此有關。

　　在中國歷史上，伏羲被認為是中國的人文始祖，他所處的時代應該是蒙昧時期向文明時期過渡的階段，但是，在有些神話傳說中，伏羲與女媧

一起，成為中國人類始祖神話中的兩位眾所周知的大神，他們的形象以及他們兄妹結婚的神話故事就經歷了一個發展演變的過程。

在漢應劭《風俗通義》裏記載了「女媧摶黃土做人」的故事。後來，隨著生殖知識的豐富，卻逐漸演變成女媧兄妹婚媾生人的故事。人類早期階段，近親通婚尚未成為禁忌，女媧既然是人類始祖，需要一位丈夫，這位丈夫自然與女媧由一個來源生成，兄妹關係就是最有可能的了。她就只

圖1-15 伏羲女媧圖，東漢畫像磚，河南新野出土文物（聶鳴/攝）

畫像磚中的人物人首蛇身著漢服，表現的是遠古伏羲、女媧交尾創造人類的神話。這幅畫像磚中伏羲的日規、女媧的月矩並沒有出現，取而代之的是兩人頭頂的華蓋，其交尾之處則纏繞著神獸玄武。

21

好與兄長成爲一對夫妻，現存漢畫像石中，有一對人首蛇身的夫妻（圖1-15），我們現在命名爲《伏羲女媧圖》，伏羲與女媧交尾，象徵人類的繁衍過程。

有些學者認爲，伏羲和女媧作爲人類始祖的神話，起源於苗族的傳說，也有人認爲，《楚帛書甲篇》有陰陽「二神」，所指即伏羲、女媧。伏羲、女媧爲陰陽二神，就是《易》所謂陰陽兩儀。在漢墓壁畫、畫像磚石中，伏羲手捧太陽或日規，代表陽；女媧手捧月亮或月矩，代表陰。伏羲、女媧結婚生育四子，才育有萬物，這是陰陽化育萬物的開始。伏羲、女媧交尾相擁，繁衍人類，日規月矩代表「規矩」，象徵著人類婚姻與倫理規範（圖1-16）。

毫無疑問，早期的女媧兄

圖1-16 伏羲女媧，唐代

畫中的伏羲、女媧人首蛇身著唐裝，其身份已能通過手中的日規、月矩來辨別。帛畫中除了人物主體外，還有日月星辰以及升騰的雲霧，描繪了伏羲、女媧創造人類時的博大氣象。

長，本不應該是伏羲，唐人李冗《獨異志》載，在宇宙初開之時，只有崑崙山女媧兄妹二人爲人類，所以只好成了夫妻。五代蜀人杜光庭《錄異記》載陳州有伏羲女媧廟。也就是說，到了五代前後，女媧的兄長正式被命名爲伏羲了。不過我們相信，和女媧有夫妻關係的伏羲，當然不是人文始祖的伏羲，最多可以理解爲同名異人而已。

　　到唐代李冗的《獨異志》裏，伏羲與女媧兄妹就成了普通的人類，是天底下最早的兩個人，有如古希伯來神話中的亞當、夏娃（圖1-17），只是不知道他倆是如何產生的。兄妹兩人已經知道兄妹結婚的不倫，因此不好

圖1-17　亞當和夏娃，[德]魯卡斯‧克爾阿那赫/繪，德國柏林國立博物館藏

這幅畫描繪了亞當和夏娃在伊甸園裏受到蛇的引誘偷吃禁果的情景。亞當是上帝創造的第一個人，後來上帝用亞當的肋骨創造了夏娃，他們成爲西方神話中人的祖先。夏娃源自亞當的肋骨暗示了他們的血緣近親關係，而中國神話中伏羲女媧的兄妹關係也同樣反映了遠古社會近親結婚繁衍的事實。

23

意思，於是他們燃燒篝火，求得神靈的指示，設若煙霧升騰到空中結合在一起，便是神的意志讓他們結合。當然，故事最終的結局是預設好的，煙霧升騰到空中結合到了一起，伏羲、女媧認爲已得到神的意旨，便結爲夫妻了。

後來，這個故事又有發展，說是天降洪水，伏羲、女媧得到神龜的幫助活了下來，成爲僅存的兩個人，兄妹得到神的意旨而成婚，並繁衍後代。情節與古希伯來的諾亞方舟神話十分相似。

伏羲、女媧作爲人類始祖的神話的這個變化，是人們有關婚姻知識與倫理意識的豐富與增強所導致的。原始的神話傳說思維更爲直接大膽，產生的故事簡單而奇幻，人物更具神性。後人在古神話的基礎上進行加工改造，使之更符合後人的倫理觀念，故事情節的進一步豐滿，意味著文學色彩的加強，故事性的增加。而在故事中人性色彩的價值考量方面，作爲主人公的神靈的神性不斷減弱，超自然能力下降，人性色彩增強，甚至最後演變爲普通人。這表明整個作品的理性色彩不斷提高了。理性化與文學化是中國神話傳說在流變中的一個重要特點。

中國神話形象不斷變化的一個最典型的代表就是西王母。西王母形象的發展演變充分體現了中國神話傳說與仙話合流的流變特點。

西王母最早出現在《山海經》裏（圖1-18），是一個可怕的神靈，長著豹子的尾巴，老虎的牙齒，頭髮蓬亂，戴頂奇怪的帽子，喜歡大嘯，其職能爲掌管災疫和刑罰，簡直就是恐怖的瘟神，而且性別也不清楚。西王母與猛禽爲伴，其所居環境也是異常兇險，充滿著神秘的色彩。

到敘述西周故事的《穆天子傳》裏，西王母已經變成一位溫情的婦人，她在西方的瑤池宴請遠道來訪的周穆王，還吟唱了一首動人的歌曲。到漢代典籍《淮南子》裏，西王母賜給羿不死之藥，從凶神變爲吉神，已表現出了仙化的特徵。至漢魏小說《武帝內傳》和《武帝故事》中，西王

母已然成了三十來歲、華貴美麗的仙人。她從雲間降臨漢武帝宮中，賜給皇帝一枚蟠桃，教他長生之術。至此，西王母的神話已完全被改造成了仙話。受道教思想的影響，手持不死之藥的西王母受到人們的狂熱崇拜，成為眾仙的領袖。

當西王母彙集了眾多神格功能，融合了多神信仰，成了無所不能的人間尊神的時候，她也最終被定格為民間知名度最高的神之一——王母娘娘（圖1-19）。神話在仙化的過程中，故事性加強，內容更為豐富，但可惜的是其中所蘊含的原始思維、人文關懷、民族精神以及審美價值卻在仙話中被弱化或摒除了，這與魏晉時期道教思想追求享樂，不注重人文關懷的特徵是相吻合的。

與西王母神話一樣呈現仙化痕跡的嫦娥奔月神話與羿射日除害神話在流變中與西王母神話相互滲透，相互聯繫，三者最終融合成一個較完整的嫦娥奔月故事。

嫦娥奔月神話在戰國初年即已定型，但最初是獨立存在和發展的，並沒有與后羿射日神話聯繫在一起，只說嫦娥服用了不死之藥後奔月。

圖1-18　西王母，《山海經·西次三經》（汪本）（曾舒叢/摹）

《山海經》中的西王母應是其最原始的形象：戴著一頂奇怪的帽子，全身掩藏在寬大的衣袍裏，似乎是一位老媼的形象，但是其齜開的牙和老虎的腳趾卻顯得如此兇猛與可怕。

25

圖1-19 瑤池仙樂圖，[元]張
渥/繪

畫中四位壽星在瑤池恭迎御
風乘雲而來的西王母，身旁
侍女手捧托盤，上有仙桃四
枚。此時的西王母脫去了兇
狠的面孔，從性別未辨的人
神轉為美麗莊重的婦人形
象，並且從神話的體系中轉
入仙話的體系中成為了王母
娘娘。

圖1-20　西漢蟾蜍玉兔紋瓦當，陝西省咸陽市淳化縣西漢甘泉宮遺址出土（李軍朝/攝）

這枚瓦當是國家一級文物。當面圖案生動傳神，分上下兩部分，上部雕著一隻帶翼疾奔的小兔子，四腿伸展、雙耳逆風、前足躍起，雙耳後傾，尾巴上翹；下半部是一隻蟾蜍，圓目突起，大腹鼓圓，舌長伸，刻畫細緻傳神。傳說奔月後，嫦娥化為蟾蜍形象的月精。

1993年出土的湖北江陵王家台秦簡《歸藏·歸妹》說：「昔者恒我竊毋死之（藥）……」其中，「恒」有「常」之意，「恒我」即「嫦娥」。《文選》王僧達《祭顏光祿文》，李善注引《歸藏》說：「昔常娥（即嫦娥）以西王母不死之藥服之，遂奔月為月精。」到了《全後漢文》輯東漢張衡《靈憲》裏則成了：「嫦娥，羿妻也，竊西王母不死藥服之，奔月。將往，枚占于有黃，有黃占之，曰：『吉。翩翩歸妹，獨將西行，逢天晦芒，毋驚毋恐，後且大昌。』嫦娥遂托身於月，是為蟾蜍。」（圖1-20）

　　而《淮南子》關於嫦娥的記載就豐富多了，《淮南子》載，羿請不死之藥於西王母，嫦娥竊以奔月，悵然有喪，無以續之。何則？不知不死之藥所由生也。又載，昔者，羿狩獵山中，遇嫦娥於月桂樹下。遂以月桂為證，成天作之合。逮至堯之時，十日並出。焦禾稼，殺草木，而民無所食。猰貐、鑿齒、九嬰、大風、封豨、修蛇皆為民害。堯乃使羿誅鑿齒

於疇華之野，殺九嬰於凶水之上，繳大風於青邱之澤，上射十日而下殺猰
貐，斷修蛇於洞庭，擒封豨於桑林。萬民皆喜，置堯以為天子。 羿請不
死之藥於西王母，托與妲娥。逢蒙往而竊之，竊之不成，欲加害妲娥。娥
無以為計，吞不死藥以升天。然不忍離羿而去，滯留月宮。廣寒寂寥，悵
然有喪，無以繼之，遂催吳剛伐桂，玉兔搗藥，欲配飛升之藥，重回人間

圖1-21 嫦娥，[清] 吳友如/繪（曾舒叢/摹）

嫦娥吃了長生不老之藥便體魄輕盈飄向月亮，與后羿分離。畫中描繪
的嫦娥孤獨一人，獨守在偌大的月亮前。月亮之所以在中國文化中代
表對憂思離別的寄託，並常常在去國懷鄉的詩人那裏成為抒發情感的
重要物象，與嫦娥奔月的神話有著密切的關係。

焉。羿聞娥奔月而去，痛不欲生。月母感念其誠，允娥於月圓之日與羿會於月桂之下。民間有聞其竊竊私語者眾焉（圖1-21）。

原來只是說嫦娥偷了西王母之藥，後來嫦娥變成了羿的妻子，而不死之藥是羿從西王母那裏請來的，嫦娥也隨之變成了盜竊不死之藥的人，並在偷吃不死藥之後，拋棄丈夫奔月成仙。嫦娥於是變成了月宮裏的一隻蟾蜍。然而人們終究是同情美麗的嫦娥，不忍心讓其變成醜陋的癩蛤蟆，於是就加入了羿的壞徒弟逢蒙趁羿不在橫搶靈藥的情節。

與此同時，羿的形象也在不斷變化，天神羿逐漸變成了人間射手——后羿。其實羿與后羿原本是兩個不同的形象。后羿是中國上古歷史上東方部族有窮氏之君，以善射著稱。在神話的流傳中，同樣善射的天神羿與有窮氏后羿發生了雜糅，致使一般人都難分彼此。

在流變中，不同的故事與形象相互整合，使中國神話傳說呈現出某種從孤立到統一，從分散到系統的特點。前文講的有關嫦娥、羿、西王母的神話故事的相互融合即是一例。再如中國神話中的東、西、南、北、中五大天帝，以黃帝爲中央天帝，是最高的天帝，四方天帝：東方的太皞、南方的炎帝、西方的少昊、北方的顓頊共同輔佐黃帝共治天下，由此而試圖構建出統一的神話系統。

可以推測，在中國上古蒙昧時期，神話可能有一個完整的體系，只是後來這個體系在進入文明以後逐漸被人淡忘。因此，後代文獻記載中出現的雜糅和張冠李戴的情形，都可以看做是後人試圖恢復中國神話中完整統一的天帝系統的努力。當然，我們也不能排除，我們這樣的推測也許只是我們的一廂情願。

造成中國神話傳說流變的其他因素還有很多。正是因爲一直都處於流變中，中國神話傳說才能不斷發展，不斷推陳出新，永遠呈現出豐富多彩、生機盎然的景象。

▋ 激揚的人文精神

什麼是「人文」呢？在中國傳統文化中，有一個很古老的解釋：「剛柔交錯，天文也。文明以止，人文也。觀乎天文，以察時變。觀乎人文，以化成天下。」這段是《周易・賁卦》的象辭，它把人文放在天文的關照下進行述說：天文就是天道陰陽變化的表現形式，是自然之道。而人文追求文明，並以聖人之道教化天下。中國傳統文化對人文的理解，其淵源無疑可以上溯到中國古代神話。

圖1-22　神創造日月星辰

《聖經》故事中記載：神說，天上要有光體，可以分晝夜，作記號，定節令、日子、年歲。並要發光在天空，普照在地上。事就這樣成了。於是神造了兩個大光，大的管晝，小的管夜。又造眾星。就把這些光擺列在天空，普照在地上。管理晝夜，分別明暗。神看著是好的。有晚上，有早晨，是第五日。

在《舊約》記載的創世神話中，天、地、人、萬物都是神的諭旨創造的（圖1-22），而在中國的盤古創世神話中，開創天地、滋生萬物的是通過盤古大神的艱辛努力。盤古的出生猶如人的出生，盤古的成長過程猶如人的成長過程，也就是說盤古身上被投射了人的生命力，而非神的超自然力，盤古死後化身萬物，也可以看做是中國人「以己觀物」地對自然作出的相當世俗化的解釋。

中國人從「以己觀物」的思維方式出發觀察、效法「天文」，最終把人化的自然與自然化的人融合，形成了「天人合一」的新的認知模式。在天人合一觀念的作用下，中國人不把自然看成無靈魂的物質世界，而是將其與人的有機生命聯繫、融合在一起的，同構成有生命與情感的世界。在中國神話傳說中，神的形象往往與古希臘的人形化的神不同，多是人獸融合的「人面獸身」或「半人半獸」（圖1-23）的形象。這正是源自中國人把人與自然融合為一，而古希臘人把人與自然割裂了的差異。

圖1-23　計蒙，《山海經・中次八經》（汪本）（曾舒叢/摹）

計蒙，龍頭、人身、鳥爪，臂生羽毛，揮臂張口噴霧致雨，是光山的山神，也是司雨之神，亦名雨師。計蒙的形象以人為主體糅合了其他動物的形象，帶有與自然結合的特徵，後世傳說中的龍王應是從計蒙的神話形象演化而來。

中國人對於天是敬畏的。在中國人看來，天不是暴虐的、寡恩的，而是仁厚的、多情的；依法天文而形成的人文不是野蠻無禮的，而是文明有德的。因此人文標誌著人類文明時代與野蠻時代的區別，標誌著人之所

以為人的人性，其首要精神便是「以人為本」。這種精神在神話時代就已經孕育而大。中國神話傳說中充滿偉大力量的神靈大多是為人類服務的高尚的神，這些神是人的神化，是人的理想化的產物。但在古希臘神話中，雖然神與人同形同性（圖1-24），但神不是為人服務的，神是凌駕於人之上的，人永遠不可能成為神。而且古希臘神話中的神都因為各自的欲望或愚弄人類或把神的矛盾轉變為人類的戰爭災難。

正因為希臘神話中充滿著神的私欲，普羅米修斯盜火至人間的事蹟尤

圖1-24　宙斯、赫拉在艾達山

古希臘眾神之王、天宇的化身宙斯和他的妻子赫拉均為人形化的神，神與人同形同性。圖中的宙斯、赫拉及小天使體態豐滿，符合18世紀對於人體的審美，人物背後的黑鷹象徵著掌管雷電的宙斯的權威。

其顯得光輝而偉大，並因其自我犧牲、為人類造福的精神而被後世同情與傳頌。在中國神話傳說中，諸如普羅米修斯般為人類利益而奉獻的神靈非常多，在女媧、羿、大禹這些作出了偉大貢獻的神靈的光環下，一位與普羅米修斯事蹟相仿的神——關伯的事蹟卻反倒並不那麼為人熟知。

對於火的利用，是人類文明史上重要的事件，《韓非子》中載有燧人氏取火的傳說，而《左傳》等書則記載有帝嚳之子關伯盜取天火，以實現熟食的故事。關伯原本是天帝派到人間管理商丘這個地方的神，也是主管商星的神。他到了人間後發現人類茹毛飲血，且夜晚沒有照明只能爬著行走，於是決定到天庭去盜取天火。第一次他成功獲得了天火，卻因無法控制亂竄的火苗、藏匿明亮的火焰而失敗。聰明的關伯第二次盜火時從人間帶了一根粗草繩，他用天火點燃草繩，隨後把火焰掐滅，只讓暗火在草繩裏遊走。關伯把草繩藏在身上，帶到了人間，藏在草繩裏的火種為人類帶來了溫暖與光明。從此，人們烤上了炭火，吃上了熟食，黑夜裏也有了照亮的火把。

普羅米修斯盜火觸怒宙斯，被鎖在高加索山的懸崖上，每天有一隻鷹去吃他的肝，又讓他的肝每天重新長上，直到幾千年後，赫拉克勒斯把惡鷹射死，才解救了普羅米修斯（圖1-25）。關伯盜取天火之後，也同樣因為偷竊的行為受到了天帝的懲罰。天帝在人間放下了大洪水，沖毀了村莊，殃及許多無辜的生命，熄滅了很多火種，而關伯為了保護最後的火種，留在了祭祀商星的高台上。及至洪水退去，人們再度來到祭台前，發現關伯倒在商星台上，而最後的火種則在他懷裏閃著光輝。現在位於河南省商丘市的關伯台，正是為了紀念這位給人類帶來光明和溫暖卻獻出生命的偉大英雄。

為了人類而偷盜的事還發生在治水英雄鯀的身上。《山海經》、《淮南子》、《天問》、《尚書》、《孟子》載，舜的時候，洪水滔天。鯀竊

33

圖1-25　赫拉克勒斯解放普羅米修斯，青銅箱上的裝飾畫，出自公元前5世紀的伊特魯里亞

普羅米修斯是泰坦神族的神明之一，名字的意思是「先見之明」。古希臘每屆奧運會點燃聖火的習俗也源自普羅米修斯盜取聖火的神話，而現代奧運會的火炬傳遞則把這個傳統沿襲了下來。

帝之「息壤」以堙洪水（圖1-26），不待帝命。息壤是一個會自我生長的土壤，只要投入水中一點，就能迅速長成一面大壩堵住洪水。帝令祝融殺鯀於羽郊。鯀腹生禹，帝乃命禹卒布土以定九州。禹三過家門而不入，為通軒轅山化為熊，其妻塗山氏見到後因驚嚇而變為石頭。石頭開啓生子，因名為啓。最後禹用疏導的辦法止住了洪水。當然，我們相信，鯀竊「息壤」治水，採用堵的方式，實際上是會帶來大災難的笨辦法，舜殺鯀，應該是懲處鯀的瀆職行為，但是，因為鯀的被殺緣於治水，善良的人們還是給了鯀足夠多的同情。

　　古希臘神話中的普羅米修斯偷盜最終獲救，中國神話傳說中為了人類而偷盜的神卻都被懲罰至死，我們從中可以看出中國上古早期居民對於公

平和公正的深刻理解：為人類奉獻不僅要有以人為本的正義目的，而且助人行為本身也要講求過程的正義。重視正義的德，是中國倫理型文化的表現，與古希臘向外拓展、征服自然、重智謀輕德行的海洋文化不同，中國倫理型文化開啓出一條內在超越的路，把神的諭旨轉化為人的道德自覺。中國神話傳說反映的以人為本的人文思想確立了人的平等價值觀，又包含了個人對於人類普世價值的責任與利他的人文關懷。

圖1-26　偷竊息壤，雕塑，湖北武漢大禹神話園
（封小莉/攝）

舜帝時洪災嚴重，令鯀治水，鯀用泥土堵水卻沒有成效，烏龜和貓頭鷹出主意，盜用天帝的神土「息壤」可以徹底堵住洪水。這座浮雕就展現了悲情英雄鯀偷得息壤，肩挑蘿筐趕赴洪災現場的情景。

文明的
童年

中國神話傳說

②

探索無限的渴望
——天地開闢與萬物有靈神話

▌ 開天闢地神話

　　現代物理學以大爆炸解釋宇宙的起源，在大爆炸以前的那個東西，科學家稱之為奇點，這個奇點看不見摸不著，存在於理論中。中國古人對宇宙起源之前的那個東西，也給起了名字，叫做「渾沌」，他的樣子如同一個沒有洞的口袋，裏面什麼都沒有，沒有天、沒有地、沒有光明也沒有黑暗，但是什麼都已存在於其中，這和奇點很像。

圖2-1　帝江，即渾沌神，《山海經‧ 西次三經》（蔣本）

《山海經》記載的帝江住在西方的天山上，是一隻神鳥，形狀像個黃布口袋，紅得像一團火，六隻腳四隻翅膀，耳目口鼻都沒有，但卻懂得歌舞，名字叫做「帝江」，這就是畫中展現的形象。到了《莊子‧應帝王》中，帝江脫去神獸的外衣，成為有人之情而無人之形的渾沌神。

　　《莊子》裏記載了一則渾沌的故事：渾沌是中央的天帝（圖2-1），沒有七竅（兩隻眼睛、兩個鼻孔、兩隻耳朵和一張嘴），樣子很怪異，他的兩個好朋友，一個是南海的天帝儵，另一個是北海的天帝忽。儵和忽經常一起到渾沌那裏去玩，渾沌招待他們，非常殷勤周到。儵和忽十分感激，於是他們想到要做點事報答渾沌，就私下裏商量：「我們都有七竅而渾沌卻沒有，不如我們來幫他開開七竅。」他們把想法告訴了渾沌，渾沌同意了。儵和忽用了七天爲渾沌鑿開七竅，但渾沌卻因此死了。

　　渾沌是古人創造出的超驗概念，是對宇宙本源的追問。渾沌的死，也意味著宇宙即將誕生。在渾沌死後，他的內部孕育出了一個大神，名字叫盤古（圖2-2），他就是中國神話裏開天闢地的主角。

圖2-2　盤古，郭文河/繪

盤古是宇宙巨蛋破裂成天和地時誕生的巨人。他開天闢地，身體化作大地萬物，即爲太極，太極有陰陽兩儀之分，陰陽兩儀又變爲春夏秋冬四季循環往復。盤古懷抱太極的形象也常常出現在繪畫藝術中，民間有「盤古抱魚，始有太極」的傳說。

三國徐整所編的《三五曆紀》裏把渾沌比做
一個大雞蛋，裏面沒有上下之分，沒有日月星辰，
一片漆黑。盤古在渾沌的肚子裏不吃不喝，只是沉
睡，直到一萬八千年以後，他忽然醒來，發現周圍
一片漆黑，想舒展一下筋骨卻動彈不得，悶得心
慌。盤古一怒之下，不知道從哪裏抓過來一把大板
斧（圖2-3），朝著眼前的黑暗用力一揮，只聽得山
崩地裂似地一聲響，「嘩啦！」大雞蛋頓時破裂開
來，漸漸有了些光亮透進來。隨後，從雞蛋裏飄出
一股清新的氣體，飄飄揚揚升到高處，變成天空；
另外一些混濁的東西緩緩下沉，降落到下方，變成
大地，盤古眼前也愈加明亮。從此，渾沌化爲天和
地，宇宙產生了。

　　與《舊約‧創世記》的神創造宇宙不同，盤
古的工作不像「神說，要有光，就有了光」那麼輕
鬆，他劈開天地的過程艱難而偉大。中國人對於宇
宙最初的圖式在盤古開天闢地的神話裏得到了完滿
的體現，即把類似於「奇點」的渾沌形象化爲一個
「宇宙卵」。這種「卵生」的概念則是中國諸多神
話的一個共同的母題。

圖2-3　盤古開天闢地（拓片），河南南陽畫像石

長期以來，人們都以爲盤古首見於3世紀徐整的
《三五曆紀》和《五運曆年紀》。隨著考古發掘
和學術研究的發展，學者指出漢末興平元年，即
公元194年，四川益州講堂石室已有盤古像。

盤古用板斧劈開天地之後，為了避免天與地再次合而為一，恢復原來渾沌的樣貌，便以自己的身體支撐在天地之間，頭頂著白色的天，腳踏著黑色的地。每天，清氣不斷地向上升，天都會升高一丈，濁氣也不斷地向下降，地會向下加厚一丈，天地間的距離每日增加一丈，盤古的身體便也同時增長一丈。

　　天地之間的距離不斷加大，站在天地之間的盤古的身體也隨之長高，

圖2-4　五嶽真形圖，陝西華陰華山（封小莉／攝）

五嶽崇拜源自盤古的神話傳說，是山神崇拜、五行觀念和帝王巡獵封禪相結合的產物。東嶽泰山位於山東泰安市，是五嶽之首，西嶽華山位於陝西華陰市，南嶽衡山位於湖南衡山縣，北嶽恒山位於山西渾源縣，中嶽嵩山位於河南登封市。五嶽真形圖是道教符籙，有免災招福之效。

這樣過了一萬八千年，盤古的身體已經足有九萬里長了，十分巍峨高大。此時的天地由於盤古的支撐，變得廣闊而深遠，天地之間的構造變得非常穩固，盤古也不再擔心天地會合在一起。他孤獨而執著地擔任著擎天之柱的工作，已是非常疲憊，實在需要休息。最終他巨大的身體頹然倒地，在剛剛睡著的時候就死去了。

盤古辛勞一生，臨死時仍然用盡自己的身體為世間造福。在徐整所編的另一本書《五運歷年紀》上記載盤古的身體從天與地中央傾倒的時候，頭朝東方，腳朝西方。他的頭化做了東嶽泰山（圖2-4），他的腳化做了西嶽華山，他的左臂化做南嶽衡山，他的右臂化做北嶽恒山，他的腹部化做了中嶽嵩山。

盤古嘴裏呼出的最後氣息化做了四季的風和空中的雲，在天空中飛掠飄蕩；他的聲音化做了雷霆，轟隆作響；他的左眼化做白天的太陽，火熱地照耀著大地；他的右眼化做夜晚的月亮，清涼地一瀉千里；他的牙齒化做了石頭和金屬，閃耀著冷峻的光芒；他的頭髮和鬍鬚化做顆顆星星，點綴美麗的夜空；他的皮膚和寒毛化做了花草樹木，供人們欣賞；他的血液化做江河湖海，奔騰不息；他的肌肉化做千里沃野，供萬物生長；他的骨骼和骨髓化做珍珠和玉石，晶瑩而溫潤；他的筋脈化做了道路，交錯縱橫；他的汗水化做了雨露，滋潤禾苗。

北歐神話裏也有冰巨人死後化為宇宙萬物的故事，冰巨人被神殺死後，神用他的肉造了大地，用血汗造了海洋，毛髮造了草木。這些身體化為萬物的神話，都是古人對於宇宙萬物人格化的想像，但是在北歐神話裏冰巨人是作為邪惡的代表出現的，而在中國神話中盤古則是造福於人世的奉獻精神的體現。

盤古神話流傳十分廣。瑤族人民祭祀盤古（圖2-5），非常虔誠，稱之為盤王，認為人的生死壽夭貧賤，都歸盤王掌握。每逢天旱，一定要向盤

圖2-5 負責盤王祭祀儀式的瑤族祭司，2008年11月13日，廣東連山縣中國第十屆瑤族盤王節（蕭良華/攝）

盤王節是瑤族祭祀祖先盤古的重大節日，每年的農曆十月十六日，瑤族男女老少都要穿上自己民族的節日盛裝，聚居在一起唱歌、跳舞，歡度盤王節。他們唱的歌是以《盤王歌》爲主的樂神歌；跳的舞則是每人手拿長約80公分的長鼓群舞，一般爲雙人或四人對舞。

圖2-6 儺戲《開天闢地》（王國紅/攝）

圖中一位農民戴上盤古面具，手拿板斧道具，表演盤古開天闢地的故事。儺戲，又稱儺堂戲、端公戲，源於遠古時代，我國先秦時期有巫歌儺舞，後在祭祀儀式基礎上結合民間戲曲形成儺戲。康熙年間儺戲在湘西形成後，經沅水沿長江迅速發展，衍生出了不同的流派和藝術風格。

王祈禱，並且抬盤王的像遊行田間，巡視禾稼。苗族也有類似於《舊約‧創世記》的《盤王書》，傳唱於苗民當中，說盤王是各種文明器用的創造者。傳說南海有綿亙三百里的盤古墓，用來追葬盤古的魂魄；又有盤古國，一國的人都以盤古爲姓。現在中國各處都有命名爲盤古山、盤古廟供人祭祀盤古的地方；廣泛流行於安徽、江西、湖北、湖南、四川、貴州、陝西、河北等省的儺戲中也有專門講述盤古神話的曲目《開天闢地》（圖2-6）。可見，從古至今，中國人從未停止對偉大的老祖宗盤古的崇拜，把他開天闢地的神話和辛勞奉獻的精神代代相傳了下來。

▎天圓地方神話

中國古人把他們生存的空間想像為「天圓地方」，這個觀念可以用龜作個比喻，龜圓圓的穹拱形的背甲好像天空，寬平的腹甲好像大地。事實上，在世界很多民族解釋空間時，龜都扮演著重要的角色，如古印度人就認為大地是一個半圓球，馱在四頭大象的背上，大象居於一隻巨龜之上，而巨龜則遨游於大海之中。龜水陸兩棲的特性連接了大地與海洋，而牠的長壽也被古人認為是宇宙永恆的代表，中國上古早期居民運用他們豐富的想像力以及敏銳的類比思維，創造了龜背神山、龜馱大地的浪漫神話，這一類神話似乎普遍見於世界各民族，有學者將這樣的神話情節稱之為「龜背上的地球」（圖2-7）。

圖2-7　神龜出海，浮雕，河南鄭縣文廟大殿外廊（聶鳴/攝）

浮雕中的神龜有著龍的頭，蛇的尾巴，背負的龜甲上有星辰的圖案。這裏的神龜就是常說的玄武，是一種由龜和蛇組合成的靈物。玄，是黑的意思；武古音通冥，就是陰的意思。因為神龜能浮海上，龜甲又像平展的大地，因此世界上很多民族把被海水包圍的陸地與神龜作比，用龜背神山、龜甲內的宇宙等等說法來解釋空間現象。

戰國時期的《列子·湯問篇》就記載了「龜背神山」的故事，而《山海經》則把大地看做幾個同心方塊，大地之外就是海洋，在東海上漂著岱輿、員嶠、方丈、瀛洲和蓬萊（圖2-8）五座仙山，這些仙山是中國神話傳說裏神仙的居住地。在這些有三萬里之高的山上住滿了神仙，他們都有一對翅膀，如同西方神話中的天使，可以自由飛翔往來於各個山島。仙山裏遍

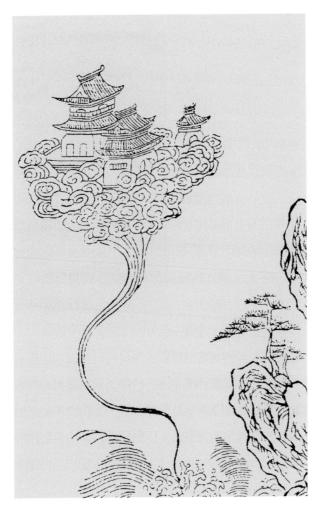

圖2-8　蓬萊山，《山海經·海內北經》（蔣本）

相傳秦始皇統一六國後，爲求長生不死藥來到海邊，見海天盡頭有座仙島，便問方士那座仙島叫什麼名字。方士一時無法應答，忽見海中水草漂浮，便以草名「蓬萊」作了回答。「蓬萊」者，「蓬草蒿萊」也。畫中蓬萊仙島漂浮海中，升騰至天空，真是海中神山，雲中仙境。

佈著璀璨的珍珠樹，還有結著長生不死果的神樹，仙人的居所都是用黃金搭建的。但五座浮於海上的山總是因爲海洋的風浪而顛簸漂移，這讓神仙們很苦惱。於是天帝命令北海的海神禺強（圖2-9）派遣十五隻大龜，舉頭將五座神山頂著，每三隻一組，一隻頂，另外兩隻在一旁休息，六萬年交替一次。後來龍伯國的巨人將岱輿、員嶠下的六隻大龜釣走，燒炙龜殼問卜吉凶，兩座仙山搖搖晃晃地漂向了北極，最後沉沒在大海裏，原來居住在這兩座仙山上數億的神仙只能搬到另外三座仙山居住。天帝震怒，把龍伯國的人身材縮小，讓他們再也不能釣起大龜。

圖2-9　禺疆，《山海經·大荒北經》（蔣本）（曾舒叢/摹）

禺疆即禺京、禺強，是北海的海神，也是東海海神禺虢的兒子，人面鳥身，兩耳各懸一條青蛇，足踩雙蛇。據說禺強刮起的西北風能夠傳播瘟疫，所以西北風也被古人稱爲「厲風」。

45

中國上古早期居民想像大地是方形的，並把大地的四角稱爲四維，甚至四維都有名稱，東北角叫做報德之維，東南角叫做常羊之維，西南角叫做背陽之維，西北角叫做蹄通之維，四角上都有巨大的繩索把天地連接起來。大地上還有八座高聳入雲的大山，稱爲天柱，這八根柱子共同支撐著天空，保證其不往下墜落，八座山的名字現在我們能知道的只有「不周山」（圖2-10）和「崑崙山」。

傳說共工在與顓頊爭奪氏族首領的大戰中慘敗，非常憤怒，就用頭去

圖2-10 不周山與兩黃獸，《山海經‧大荒西經》（汪本）

在西北海之外，有山卻不合攏，名叫不周，有兩隻黃獸守護這裏。周是周全、完整的意思，不周山就是不完整的山，它象徵著不完整、災難。

撞擊不周山。共工是一位具有偉力的英雄，不周山被他撞斷了，連接天地的繩索也斷了。共工怒觸不周山使得天向西北方向傾斜，流動在天空中的日月星辰好像傘面上的雨水一樣都向西北方向移動了，大地的東南角常羊之維因爲繩索的斷裂而陷塌，江河、積水、泥沙本來在平衡得好似棋盤的大地上流動，現在棋盤側傾，它們就像棋子滾落一樣朝東南角流去了。江河日夜不停地從東南角注入大海，可大海卻並不因此漲起來，這都是因爲東海盡頭在天地大變時出現了一個叫做「歸墟」的大裂谷，海水流進去就消失了，因此海平面始終保持著一個穩定的高度。

共工怒觸不周山的神話傳說是中國上古早期居民解釋中原大地地理現象的一則經典神話。中國地勢西北高、東南低，江河由西向東流。共工打破天地原本的平衡關係，使得天地傾斜的故事，讓一切地理觀察得到了神話的解釋。但是，天地終究不能一直傾斜下去，於是在女媧補天神話中，天地通過這位偉大女神艱苦卓絕的努力重新獲得了平衡。

女媧完成了補天的宏偉事業後便回到了神的世界，也就是上面講到的天柱之一的崑崙山（圖2-11）。崑崙山在中國神話傳說中的地位就好像古希臘神話中的奧林匹斯山，它與海中漂浮的五座仙山一樣，都是眾神棲居之處。並且，崑崙山在中華民族的文化史上具有「萬山之祖」的顯赫地位，古人把崑崙山作爲中華的「龍祖之脈」。

崑崙山高萬丈，這裏建有眾神的宮殿。山上草木茂盛，都是神奇的植物，其中有一種叫沙棠，它的果子很像李子，但沒有核，人吃了就可以浮在水裏，漂洋過海。除了植物，還有許多動物可以作爲美食，最特別的叫做視肉。視肉沒有四肢、沒有骨頭，渾身都是肉，如果你割去了牠身上的一塊肉，相同的地方馬上就長出一塊來，永遠也吃不完。中國古人在蠻荒自然的艱難生存中，用極爲豐富的想像爲遙遠的神山賦予了自身對於生活的美好願望，他們希望可以遠遊江海，希望可以衣食充足，此時自然意義

上的山才真正融入了人類文明，化做了文化意義上的神山（圖2-12）。

　　當然，巍峨的崑崙山不是常人可以攀登的。古人用神話思維，比附上種種障礙，給崑崙添了份令人敬畏的威嚴。崑崙山前有座燃燒著熊熊大火

圖2-12　琅玕樹與三頭人，《山海經·海內西經》（蔣本）（曾舒叢／摹）

傳說崑崙山上有琅玕樹，能長出珍珠般的美玉，由黃帝的天神三頭人看守。三頭人長著三個頭，六隻眼睛。中國人以三爲多，常以三頭六臂喻人精明強幹，此處三頭人應是受原始的數字思維影響，比喻其人眼觀六路，防止有人偷摘琅玕。

圖2-11　崑崙山

崑崙山，又稱崑崙虛、中國第一神山、萬山之祖、崑崙丘或玉山，傳說是西王母和眾仙的居所。在中國神話傳說中有兩大系統，崑崙系統和蓬萊系統，崑崙山在神話系統中成爲諸如奧林匹斯山一樣的聖山。

圖2-13 陸吾,《山海經·西次三
經》(汪本)(曾舒叢/摹)

陸吾,崑崙山黃帝帝都的守衛者、
天神,兼管天上九域的部界。相傳
在陸吾的周圍,環繞著一些神異的
精靈:有一群名叫「土螻」的神
獸,牠們像羊而長著四隻角,不吃
草而吃人;還有叫「欽原」的神
鳥,牠像蜂一樣螫人,但大如鴛
鴦,被牠一螫,任何鳥獸都會死
去,任何喬木都必枯萎。

的炎火山,擋住了通往崑崙山的路,這其後還有一處豁大的淵潭,叫做弱
水,弱水根本就沒有浮力,最輕微的塵埃落在上面也要沉到水底。除了兩
處天險,在崑崙山上還有一個掌管眾神事務的天神陸吾(圖2-13),人面、
虎身、虎爪、九尾,會吃掉貿然闖入的凡人。只有得到眾神許可的偉大巫
師才能踏入崑崙。

　　從天圓地方,到海中仙山,再到不周山與崑崙山,中國上古早期居民
在疆域開拓與文明形成時期,逐漸把地理空間變成了文化上的地標。這一
意義深遠而艱難偉大的歷程,皆被中國神話傳說隱約地記錄了下來。

▌天文譜系神話

物轉星移，春秋代序，了解和探索宇宙的運行規則，既是現實生存的必然選擇，也是滿足中國上古早期居民求知欲的需要。當人們抬頭仰望天空之時，那遙遠的彼端究竟蘊藏著怎樣的祕密，似乎是難以探索梗概的。因此，宇宙的廣大舞動了他們想像的翅膀，他們不僅給腳下的大地賦予了文化上的地理意義，還爲天空劃分了區域，嘗試用神話的方式解釋天文現象和四季時序。

在《山海經》中記載著神話傳說中的四條神龍夔龍、應龍、燭龍和相柳（圖2-14），牠們各自所處的地方正是天地間

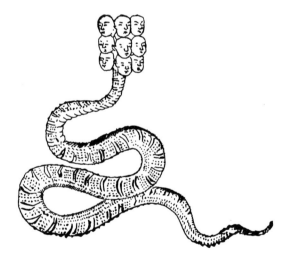

圖2-14　相柳，《山海經·海外北經》（胡本）（曾舒叢/摹）

相柳也叫相繇，是共工的大臣，是九頭人面蛇身的怪物。牠所到之處，地便陷成溪流沼澤。後來相柳被大禹所殺，身上血流到地上，此處土地就五穀不生。大禹試用泥土填塞，但三填三陷，只好把這片土地闢爲池子，各方天神在池畔築起一座高台，鎮壓妖魔。

51

的東西南北四方，在原始曆法龍星紀時制度中，四條神龍的位置正是對應了春夏秋冬龍星出現的方位，由此可以看出中國上古早期居民在星相與時節變幻中發現了一條隱祕的紐帶，而呈現這種紐帶的正是神話傳說。

與此同時，為了更加便於劃分星區及觀察宇宙天體，古代先民把大鍋蓋似的天又分成九部分：中間叫做鈞天，東南西北分別叫做蒼天、炎天、顥天、玄天，還有東北的變天、東南的陽天、西南的朱天和西北的幽天。就這樣，古人通過劃分天域的方法識別天體，展開了一段奇妙的想像之旅。

在穹廬似的天空中最為耀眼奪目的就是太陽，傳說太陽是天神帝俊的妻子羲和所生。羲和在東海之外的甘水處生下了十個太陽，她非常疼愛自己的孩子，每天都在甘水裏幫孩子們洗澡（圖2-15）。十個太陽非常火熱，在甘水裏活蹦亂跳，使整條河水像燒開了一樣，冒著熱氣。供十個太陽沐浴的甘水因為太陽的溫度而沸騰，人們把它叫做「湯谷」。湯谷邊有一棵萬公尺高的大樹，叫做扶桑，是太陽們沐浴後休息的地方。十個太陽中每天出來一個，輪流巡天。他們從扶桑樹出發，乘著停立在樹頂的三足烏鴉飛到空中，自東向西橫穿天際，給人類帶來溫暖，黃昏時，又落入西邊的禺谷，然後返回湯谷，洗個暢快的澡，又去扶桑樹下休息，如此周而復始。

三足烏鴉載著太陽巡天的神話傳說還帶有早期鳥圖騰崇拜的影子，至漢代著作《淮南子》記述的太陽出行，則改成了華麗壯觀的車行。太陽的母親羲和親自為兒子駕車巡天，所駕的車珠光寶氣，拉車的是六條雄武的神龍。古希臘神話中太陽神阿波羅的出行與這類似，只不過拉車的動物換成了四匹口中噴火的駿馬。

與太陽運行神話的豐富翔實相比，有關月亮運行的神話要單薄一些。《山海經》記載在西方的大荒野中，天神帝俊的另一個妻子常羲生下了十二個月亮，與羲和一樣，她也為自己的孩子沐浴（圖2-16）。至於月亮如

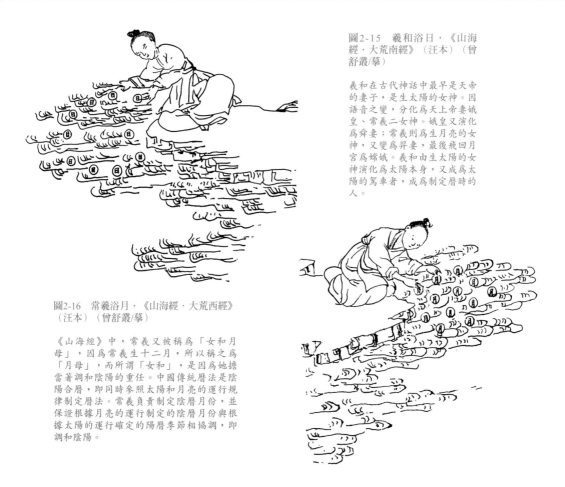

何周行在天上的，《淮南子》裏只提到了給他們駕車的女神，叫做望舒，也叫纖阿。

　　因爲典籍只有片段的描述，讓我們難以得見月亮神話的全貌，因此知道的人並不多。不過在民間傳說中，諸如「天狗食月」這樣的故事，卻早已是人盡皆知。這個傳說應該是佛教從印度傳入中國後，依託佛教背景形成的，其中的天狗，是一位名叫「目連」的公子的母親變的。目連本人信奉佛教，爲人善良，但是，目連之母卻生性暴戾，她做了三百六十個狗

53

肉饅頭充當素饅頭拿到寺廟施齋，準備捉弄吃素的和尚。這件事被天帝知道了，非常憤怒，把目連之母打入十八層地獄，變成一隻惡狗。目連是個孝子，為救母親，他深入地獄，用錫杖打開地獄之門（圖2-17）。變成惡狗的目連之母逃脫後就去追趕太陽和月亮，想將他們吞吃了，讓天上人間變成一片黑暗世界，以此來報復天帝。這隻天狗追到太陽，就將太陽一口吞

圖2-17　目連閻羅王殿救母，宋代壁畫

目連救母的故事，最早見於東漢初由印度傳入我國的《佛說盂蘭盆經》，這個傳說故事後來衍生出盂蘭盆節、鬼節、亡人節、中元節等。在中國大部分地區，每年農曆七月十五祭祖，為亡人燒紙錢、紮紙船、上供果。在福州還有因這個傳說而成的特殊節日叫「拗九節」，正月廿九日清早，家家户户都用糯米、紅糖，再加上花生、紅棗、荸薺、芝麻、桂圓等原料煮成「拗九粥」，用來祭祖或饋贈親友。

下去；追到月亮，也將月亮一口吞下去。不過她最怕鑼鼓和爆竹，聽到這些響聲，便會嚇得將吞下的太陽、月亮吐了出來。可吐出來之後，天狗仍不甘心，又追趕上去，這樣一次又一次就形成了天上的日食和月食。

民間把日食和月食喚做「天狗食日」及「天狗食月」，實際是對天文現象的神話性解釋，直到今天，每逢日食、月食，民間還盛行著敲鑼擊鼓、燃放爆竹來趕跑天狗，好讓日月快一點重現的習俗（圖2-18）。

民間還有著一則關於星辰

圖2-18　日食，素描

此圖是早期來華西方人筆下的中國風俗，描繪在日食發生時，官員擺上香案，兩名衙役一個敲鑼一個打鼓，正忙於驅趕天狗，拯救發生虧蝕現象的太陽。

的經典傳說，就是牛郎織女的故事。主人公牛郎和織女為神話人物，從位於東北變天牛宿的牽牛星和位於北方玄天女宿的織女星的星名衍化而來。以西方星座劃分方法來看，在深秋的夜晚，天琴座中最亮的那顆就是織女星，天鷹座像扁擔一樣連成一線的三顆星中間最亮的那顆就是牽牛星。綿亙在牽牛星和織女星中間的就是銀河，在中國神話傳說中被叫做天河。

織女（圖2-19）是天帝的女兒，住在天河的東面，她心靈手巧，能織出薄如雲霧的絹紗。而牛郎則是人間的一位放牛郎。織女下凡遊玩時，兩人邂逅，並許定終身。後來織女為牛郎生下了兩個孩子，牛郎用扁擔挑來兩

個籮筐，一個籮筐放一個孩子，這就是中國古人對天鷹座三星相連呈扁擔
形狀的神話解釋。

　　牛郎和織女在人間私會的事被天宮知道了，王母娘娘大怒，把織女強
行帶到天上。牛郎眼睜睜看著妻子返回天界，非常傷心。他的老牛，年邁
將死的時候讓牛郎把牠的皮披在身上。牛郎安葬完老牛，挑著擔子，披上

圖2-19　織女，[清] 吳友如/繪

圖中描繪的是喜鵲架橋令牛郎織女相會的情形。七夕的
故事形成早，流傳廣，在中國婦孺皆知，唐代一位六歲
的兒童林傑曾有詩作：「七夕今宵看碧霄，牽牛織女渡
河橋；家家乞巧望秋月，穿盡紅絲幾萬條。」足見這則
傳說在民間的影響力。

老牛皮，不知不覺飛了起來，直飛向織女，離織女越來越近。眼看他們就要相逢了，可王母娘娘突然趕來，拔下頭上的金簪，朝他們中間一劃，霎時間，一條天河波濤滾滾地橫在了牛郎和織女之間，再也無法跨越了。

天河兩岸的一家人哭得聲嘶力竭，催人淚下，服侍王母的仙女、天神都覺得心酸難過。王母見此情此景，也被牛郎、織女的真情打動，便同意讓牛郎和孩子們留在天上，每年七月七日，讓一家人相會一次。

到了七月七日這天，成群的喜鵲飛來為牛郎織女搭橋，兩位有情人終於團聚，「鵲橋」也在中國文化裏成為愛情和婚姻的代名詞，而七月七日則成了中國的傳統節日

圖2-20　七夕圖，[清] 姚文翰／繪

全畫分為上下兩部，上部描繪七夕之日天上的牛郎織女鵲橋相會的事，通過繚繞的白雲和高聳的閣樓過渡到人間，下部寫實，描繪民間女子聚會乞巧，小兒玩耍的樂景。

「七夕節」（圖2-20）。這也是獻給姑娘們的節日，那天，她們會乞求上天能讓自己像織女那樣心靈手巧，祈禱自己能有美麗的愛情和美滿的婚姻。

宇宙和大自然本來是獨立於人類的客觀存在，本身並不具有人類的情感形態，但是，中國早期居民對宇宙和大自然的擬人化處理，使宇宙和大自然離人類更近了，無論是羲和與十日的母子之情，還是牛郎織女的愛情，古人在探索日月運行、星相天文之際，為它們賦予了人類的情感故事，並作出了詩性的解釋，這些都充分體現了中國古代先民以人類和人類的活動為中心的人本情懷，以及親近宇宙和大自然的情感追求。

萬物有靈神話

從現存的世界各地的神話來看，人類在早期生活中認為自然萬物都由專門的神在主宰，其實是用一種擬人化的思維來描繪自然界。古希臘神話的主神宙斯就是雷神，還有狩獵女神阿耳忒彌斯（圖2-21）同時也是月亮之神、森林之神；古印度最早的《吠陀經》中火神阿格尼是梵天所生的八個善神中威力最強大的一位；古埃及九柱神中泰芙努特是雨水之神，休是風神。中國神話中同樣存在著眾多的自然神，他們是萬物背後的掌控力量。

《山海經》中記載了一條叫做燭陰的神龍（圖2-22），牠盤踞在鐘山之上，長著人的面容，全身通紅，眼睛是上下排列的，下

圖2-21　狩獵女神狄安娜，油彩畫

阿耳忒彌斯即羅馬神話中的狄安娜，是宙斯和暗夜女神勒托的女兒。當太陽神阿波羅出生之後，他又牽出個眉心嵌著耀眼月亮的女神，女神手裏還握有一把月彎形的弓箭，這就是狄安娜。

圖2-22 燭龍，《山海經·大荒北經》（蔣本）（曾
舒叢/摹）

燭龍即燭陰，是中國神話裏的創世神，也是鐘山的
山神，其神力能燭照九泉之下。傳說牠常含一支蠟
燭，照在北方幽暗的天門之中，所以人們又叫牠
「燭陰」，也寫做逴龍。燭龍是古人對極光起的別
稱之一。

面的一隻是本眼，上面的一隻叫做陰眼。據說牠身上的油可以製成蠟燭來
取光，但沒有人嘗試過，因為如果被牠看上一眼就會變成人頭蛇身的怪
物。燭陰的兩隻眼睛，本眼代表太陽，陰眼代表月亮，睜開本眼時普天
光明，睜開陰眼時天昏地暗，如果牠同時睜開兩隻眼睛，大地就會被酷
熱烤焦。

　　北宋類書《太平御覽》所引晉郭璞《玄中記》，把燭陰的兩隻眼睛描
述成左右排列，左眼為太陽，右眼為月亮，這與古埃及流行的護身符「荷

圖2-23 奧西里斯神頭頂埃及之冠,壁畫,公元前14
世紀古埃及墓穴

圖中埃及之冠兩側即荷魯斯之眼。傳說荷魯斯在與
殺父仇人塞特神的搏鬥中,左眼被奪走。月亮神孔
蘇出手相助,打敗了塞特,將左眼奪回,荷魯斯將
這隻失而復得的眼睛獻給了父親冥神奧西里斯。後
來,荷魯斯之眼就成爲辨別善惡、捍衛健康與幸福
的護身符。

61

魯斯之眼」（圖2-23）相仿，只不過神靈荷魯斯的左眼代表月亮，右眼代表太陽，與燭陰相反。兩個神話的相似性共同地反映出人類早期思維中把光源與感知光明的眼睛相互聯繫的擬人化理解方式。

燭陰的眼睛是世界中光的來源，牠的呼吸也形成了自然的風，牠用力吹氣的時候就會帶來冬天的冷風蕭瑟，而牠輕微吐氣時就會帶來夏天的習習微風，這樣，四季的交替就掌握在燭陰的呼吸之中。

中國神話傳說中另外一位能夠製造風的神是飛廉（圖2-24），他被描述成鳥頭鹿身，頭有角而尾似蛇，是秦的祖先。他的形象其實是東部鳥圖騰崇拜的秦人在向西部遷移的過程中與鹿圖騰崇拜的游牧民族相融合的結果。秦在漢字中的本意是禾苗，歷史上秦人則以牧馬著稱，名實不符的原因就是東部以農耕為主的秦人西遷而成為了半游牧民族。「飛廉」與游牧族常用的阿爾泰語「風」的發音相近，即是民族遷移融合、神名神性相印的力證。

與古希臘神話中生來就擁有掌控自然力量的神不同，飛廉對風的掌控是不斷學習的結果。他是蚩尤的師弟，在祁山上修煉。在祁山對面有塊大石，每遇風雨來時便飛起如燕，等天放晴時，又安伏在原處，飛廉對此很好奇，於是躲在一旁守望。一日夜半，這塊大石動了起來，轉眼變成一個形同布囊的無足活物，在地上深吸兩口氣，仰天噴出。頓時，狂風驟發，飛沙走石，這布囊似飛翔的燕子一樣，在大風中飛旋。飛廉身手敏捷，一躍而上，將它逮住，這才知道它就是通五運氣候、掌八風消息的「風

圖2-24　開明龍與飛廉，西魏壁畫，甘肅敦煌莫高窟（千佛洞）285窟東坡北側

壁畫居中的是飛廉，呈現鹿的形象，正張開四蹄向前飛奔，身前身後各有一個旋葉花紋，象徵風的動感。高速運動的物體總能在周身裹挾一圍風，飛廉兼具善走和造風的特點當與此相關。

圖2-25　風神雷神圖，江戶時代，紙本金地墨畫，[日] 俵屋
宗達/繪，日本京都建仁寺藏

畫中左邊爲雷神，右邊爲拿著風袋的風神，相當於中國神話
中的風神飛廉。受中國神話傳說影響，日本神話傳說中也有
用布囊生風來解釋自然風形成的神話思維。

母」。風母的布囊形象，其實是上古早期居民把日常生活中發現的布囊生
風的現象類比天地之間自然風的形成過程（圖2-25），認爲風也是一個天外
大布囊鼓吹的結果。

　　飛廉從「風母」處學會了造風、息風的奇術之後，就爲他的師兄蚩
尤來效力了。在蚩尤戰敗於涿鹿後，飛廉也被黃帝降伏，做了掌管風的
神靈。每當天帝（即黃帝）出巡，總是雷神開路，雨師灑水，風神飛廉掃
地。然而，在《古史箋記》中記載的卻是飛廉被擒後斬首的悲慘結局，而
且這種結局能夠在保存至今的鹿石上找到印證。

　　鹿石分佈很廣，從內蒙古呼倫貝爾橫跨蒙古高原、俄羅斯圖瓦和南西
伯利亞、中國新疆的阿勒泰地區都有鹿石。這是一種長形的石碑，上面刻
有鹿紋，所刻畫的鹿嘴巴是鳥喙狀的，即是飛廉的形象。有一些石碑上的
鹿畫，常常出現有首無身、有身無首這種身首異處的奇怪景象，正是對涿

鹿之戰後飛廉被黃帝斬首這一神話事件的摹刻。

　　黃帝戰勝了蚩尤後，加封百官，其中有一個管理火的能手，叫做黎的神被封爲祝融，他就是中國神話傳說中的火神。祝是永遠，融是光明，祝融這個名字，就表示著希望他永遠給人間帶來光明的美好願望。在《山海經》中，祝融的形象是一個腳踩兩條火龍（也有傳說身騎火龍）的神，周身包裹著烈烈火焰（圖2-26）。他改進了燧人氏鑽木取火的方法，通過刮擦兩塊取火石，用迸出的火星點燃乾蘆花的方法取得了火。這在早期人類生活中是一個跨時代的創造，人們不用花很大工夫去鑽木取火，也用不著千方百計保存脆弱的火種了。

　　黃帝非常器重祝融，讓他管理南方的部族，祝融改進了南方房屋的結

圖2-26　祝融，《山海經·海外南經》（蔣本）（曾舒叢/摹）

祝融，中國上古神話人物，號赤帝，後人尊爲火神。祝融部落後來分爲己、斟、彭、妘、曹、羋六部落，後己又分出董、彭又分出禿，史稱祝融八姓。其中羋姓爲春秋時楚國祖先的族姓。

圖2-27　夔，《山海經·大荒東經》（蔣本）（曾舒叢/摹）

夔是獨腳的奇獸，樣子像牛，無角，出入水時會有風雨雷鳴，還有光芒。也有古籍中形容夔是龍狀怪物，如《說文解字》：「夔，神魅也，如龍一足。」在商晚期和西周時期青銅器的裝飾上，夔龍紋是主要紋飾之一，形象多為張口、卷尾、一足的長條形。

構，把火移到屋內使用，冬天可以驅寒，夏天可以驅趕蚊蟲。人們非常愛戴他，尊他為赤帝，在南嶽衡山上至今還有著供奉祝融的赤帝廟。

我們可以看到身為赤帝的祝融其實是由一位英雄升格而成的，與古希臘、印度神話中推崇自然之火的本源掌控神不同，中國神話傳說中的火神只是火的利用者，上古早期居民在樸素的生活中更注重對人類文明之火的掌控神的崇拜。

除了祝融外，還有一個雷獸夔在涿鹿之戰中幫助黃帝提高了聲威。夔長得像牛，但沒有角，只有一條腿，牠發出的聲音像打雷，千里之外的

地方都能聽到（圖2-27）。黃帝得到了牠，把牠的皮作為鼓面，用牠的脛骨敲打，發出震天的雷聲，壯大了軍勢。除了雷獸，中國神話傳說中還有住在雷澤的雷神與住在天上的雷公。雷神人首龍身，拍打自己的腹部就能打雷。雷公則是力士的形象，具有鳥的喙、翅膀和腳爪，左手拿著鼓，右手拿著槌，鼓槌相擊則打下雷來。對比古希臘神話中把雷神宙斯作為奧林匹斯山上地位最高的神，中國神話傳說中的雷神（圖2-28）多為中央天帝黃帝的屬神，他們的事蹟也都不甚詳細。在明許仲琳的演義小說《封神榜》中以鳥形的雷公為原型塑造了雷震子的形象，並賦予了雷震子一番奇異的經歷。

中國神話傳說中的燭陰、飛廉以及雷神都是以獸的形象出現，再加上祝融腳踩二龍的形象，裏面都包含著上古早期居民圖騰崇拜的影子和擬人化的思維，他們把自然力投射到某一種動物身上，擬予牠們神性與掌控自然的神力，寄託著古人對於既能改善生活也能摧毀家園的強大自然力的敬畏與崇拜。

圖2-28 雷神，《山海經·海內東經》（蔣本）（曾舒叢/摹）

雷神是古老的自然神，人首龍身，此圖描繪的雷神兼具了一些雷公的特點，尤其是頭部變成了鳥首的形象，應該是雷神形象在仙化過程中的產物。

67

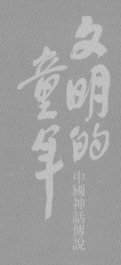

文明的童年
中國神話傳說

3

善與美的遐想
——人類起源和創造發明神話

人本主義與人類起源神話

人類在關注宇宙與自然的同時，對人自身的生命現象也有著強烈的探究心理。人到底是從哪兒來的，第一個人是如何產生的？上古早期居民們對此充滿了無窮幻想。中國神話傳說中有兩個廣為流行的人類起源故事，一是女媧摶土造人，另一個是女媧與伏羲兄妹繁衍人類。伏羲在中國古代歷史上是公認的人文始祖，他創造了八卦，被後代認為是「人文之元」，是中國古代文明從「結繩而治」轉向書契文明的標誌性的事件。以八卦為基礎的《易》文化，更是成為中國文化的淵藪。但是，在南方苗族居住

圖3-1　女媧，《山海經‧大荒西經》（蔣本）（曾舒叢/摹）

女媧，中國最古老的始祖女神，人首蛇身，為伏羲之妹，風姓。這幅畫中的女媧，人的特徵只在頭部顯現，主體是蛇身，較後世的人身蛇尾的女媧更為原始，從中不難看出神話人物形象從自然動植物元素居多漸變為人類元素居多的過程。

區，卻把伏羲當做始祖神，從而衍生出了伏羲與女媧兄妹結婚生育人類的傳說。中國人有關人類起源的觀念直接與這兩大神話人物有關。

女媧是我國神話傳說中的第一位女性領袖（圖3-1），比炎黃二帝的出現更早，也是相傳功勳卓著的第一位女神。傳說天地剛剛開闢的時候，沒有人類，地上一片荒蕪。女媧行走在莽莽的原野上，看看周圍的景象，感到非常孤獨。她覺得在這天地之間，應該添一點什麼東西進去，讓它生氣蓬勃才好。於是她想到了造人，她從地上掘起黃土，摻和了水，摶成黃泥，再把黃泥仿照自己捏成人，並賦予它們生命。女媧覺得一個一個造人

圖3-2　創世記·亞當的創造，[義] 波那洛提·米開朗基羅/繪，梵蒂岡美術館藏

中西方神話中人類都是神用泥土創造的。據《聖經·創世記》記載，耶和華神用地上的塵土造人，將生氣吹在他的鼻孔裏，他就成了有靈的活人，名叫亞當。畫中，亞當全身裸體，躺在左邊的陸地上，一手伸向大神。神與人的手指像接電似的相互交流。

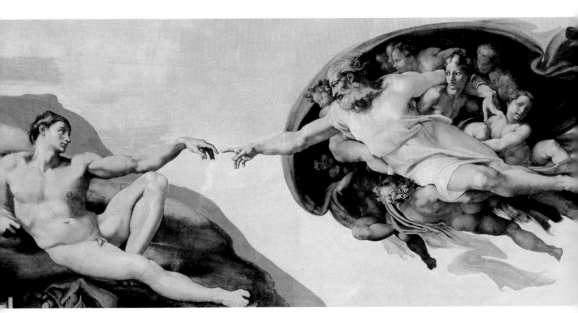

非常辛苦，於是她想了一個簡便方法，就是把黃泥拌成泥漿，用繩子浸泡在泥漿裏，再用力甩出泥繩，泥漿濺落在大地上，就立即變成了人。這方法造人方便輕鬆多了，而且速度驚人。不長時間大地上就出現了成千上萬的人。但這種批量生產的人遠沒有用泥團一個一個捏成的人高貴，所以人有高低貴賤之分。

女媧是用黃土造的人，所以中國人都是黃皮膚。而人之所以有貧富貴賤之別是因爲女媧造人方法的不同，這顯然是人類有了階級分化之後才有的，多少帶點宿命論的觀點，應該屬於後起的觀念。人類來源於泥土，最終仍要回歸泥土，也包含了人類對死亡的看法。

摶土造人的神話故事廣泛地分佈於世界各地。在古希臘神話中，普羅米修斯用河水和泥，依照神的模樣造成人；古希伯來神話中，耶和華用大地上的塵土造了亞當（圖3-2）。略有不同的是，中國的女媧是女性神，而西方的造人者多爲男性神。這反映了中國上古早期居民的神話思維主要是從女性生育的現實出發，與現實生活結合得更爲緊密。

女媧造人神話大概是母系氏族社會遺留下來的故事。在母系氏族社會裏，人們只知其母不知其父，女性的生殖能力受到崇拜，女性的地位遠遠高於男性。母系氏族社會之後才有以男性爲尊的父系氏族社會出現。因此神話中最早出現的大神一般都是女神，之後才出現男性大神並且其地位逐漸超越女性大神。從這一角度而言，中國的女媧造人神話產生的時間可能要早於西方男性神造人的神話。

早期記載女媧故事的典籍是戰國或秦漢時代的論著，主要有《楚辭·天問》、《禮記·明堂位》和《山海經·大荒西經》。在這些典籍中，我們看到女媧有至高無上的神力和地位，被譽爲人類共同的母親，然而其地位最終也不可避免地受到男性大神的挑戰。其中，伏羲（圖3-3）是對女媧最具衝擊力的男性大神。在人類起源的神話中，伏羲逐漸分佔了創造人類的

71

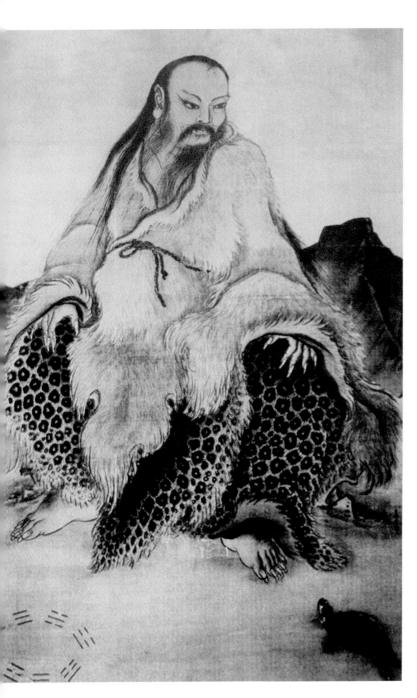

伏羲被尊爲中華民族的人
文初祖之一。傳說他創造
了八卦，爲人文之始；又
結繩爲網，教人漁獵；還
發明了瑟，創作有《駕
辨》的曲子。伏羲與女媧
兄妹結婚繁衍人類的神話
屬於後起，應是父系氏族
文明對母系氏族文明衝擊
的結果。

伏羲用「—」代表陽，用
「--」代表陰，三個這樣
的符號，排列組合成的八
種形式，分別叫做乾、
坤、巽、兌、艮、震、
離、坎卦。每一卦形代表
不同的事物，八卦互相搭
配又得到六十四卦，用來
象徵各種自然現象和人事
現象。以八卦爲基礎的
《易經》在中國古代被
當成是群經之首，在中
國文化史上佔有極爲重
要的地位。

伏羲生而聖明德合天地代燧人民以木德王天下
推五德之運光理萬物明如日月陰陽合靜鬼神不
擾四時得節萬物不傷群生不夭雖有詭智無所用
之此之謂至德

君鑑

一半功勞。最開始造人本是女媧一神之力，後來就演變成了伏羲、女媧兄妹結婚共同繁衍人類。

兄妹婚配其實也是一個世界性神話母題，在世界各地的神話中都很常見。比如古希臘神話裏的宙斯和赫拉、古希伯來神話裏的亞當和夏娃、古埃及神話裏的奧西里斯與伊西斯、日本神話中天照大神伊奘諾尊與伊奘冉尊等都是兄妹婚配。就中國而言，兄妹婚配的神話不僅數量眾多，而且分佈也相當廣泛，除了漢族外還有許多少數民族也有與此相似的神話故事。

兄妹婚配神話是上古早期居民對血緣婚姻的朦朧追憶。但由於理性意識的增強，人們對親兄妹的血緣婚姻存在著較強的抵觸情緒，於是伏羲女媧兄妹婚配神話就有了較多的客觀環境的設定，目的是為兄妹婚配找藉口開脫。說是宇宙初始，天地間還沒有人類，只有伏羲和女媧兄妹倆，為了人類的繁衍，兩人才不得不成婚，並且還安排了他們是在得到上天的旨意後才甘願結為夫婦的情節。這樣一來，兄妹成婚也就情有可原，從不道德變成了為繁衍人類而不得不做出的壯舉，符合後人的倫理要求。

中國古代歷史體系中，有一個「三皇」的概念，關於「三皇」的人物構成，歷來有不同的說法，但是，女媧、伏羲、神農，是眾多說法中影響比較大的一種組合，因此，女媧和伏羲在中國神話中具有崇高的地位（圖3-4）。

中國神話中有關人類起源的兩個故事都與女媧有關，女媧在中國神話中是當之無愧的人類始祖，她的形象與精神是中華文明初期母系社會中母親群體形象與精神的提純，女媧與人類起源的緊密聯繫則表達著上古早期居民對母愛的集體記憶與感懷。

據說，有了人類之後，為了能讓人類生生不息，女媧還使青年男女相互婚配，繁衍後代，因此被尊為婚姻女神。在古希臘神話中，神共造過四代人，一代人死後再重新造出一代。而中國神話中神只造了一代人，無需

再造下一代，就是因為女媧為人類建立了婚姻制度，從此人類可以自我繁衍。這其實也反映出了中西文明的不同發展路徑，西方文明的發展往往是一個文明取代另一個文明，而中國文明卻從古至今從未斷絕，一脈相承、生生不息。

女媧被後人尊稱為女媧娘娘，受到後人的頂禮膜拜（圖3-5）。在古代，每逢春天，人們在郊外的禖宮舉行盛會，禖是古代求子的祭祀，禖宮是舉行求子祭祀的地方，因此，在這裏青年男女可以縱情歡樂，自由選擇愛人，成婚夫婦也前來祈求女媧賜子送福。如今，中國民間仍存在一些祭祀女媧的活動。

圖3-5　媧皇宮媧皇閣，河北涉縣（矗鳴/攝）

媧皇宮始建於北齊，是中國最大、最早的奉祀上古天神女媧氏的古代建築。媧皇閣共為三層，坐東面西，為媧皇宮主體建築，古有「倚崖鑿險，結構凌虛」之稱。類似的紀念女媧的建築遍布中國各地。

▌天人結合與部族起源傳說

人類被創造以後，散居於中華大
地上，形成了許多部族。各部族都有
各自的始祖神話傳說。部族起源神話
是中國上古史料的主要來源。而中
國的上古史大多是天人合一的神人
相雜的歷史，是歷史與神話傳說的融
合。部族起源神話正體現了中國人的
天人結合的歷史發展觀。在這些
部族起源神話裏，部族始祖都
被神化，多是天人相感而生，
出生奇異，屬人神結合體。神人結
合的始祖神話體現出了各部族對祖
先的崇拜。

夏部族的始祖神話主要與著名的

圖3-6　大禹降生，雕塑，湖北武漢大禹神話
園（封小莉/攝）

蘇死後屍身三年不腐，天帝怕他死而復生，
派天神剖開蘇腹，神形為虯龍的禹乘機蹦
出，一飛沖天。龍在中國文化中是力量、權
勢與威嚴的象徵，禹為虯龍所化，代表著禹
地位非同一般。

圖3-7　變熊驚妻，雕塑，湖北武漢大禹神話園（封小莉／攝）

為了避免每天給自己送飯的妻子塗山氏看到自己變成熊的模樣，大禹在山下放了一面鼓，並與妻子約定，聽到鼓聲再來送飯。可一次大禹變成熊挖山破石時，有石塊滾下山坡擊響了鼓，塗山氏聞到鼓聲而來，發現自己的丈夫原來是一隻大熊，嚇得變成了石頭。

鯀禹治水神話有關。禹是夏朝的實際建立者，但作為夏部族，早在禹之前就存在。關於禹與其子啟的誕生極具神話色彩。傳說禹的父親鯀治水失敗後，被天帝殺死，屍體三年不腐，最終從鯀的肚子裏飛出一條龍，這條龍就是鯀的兒子禹（圖3-6）。

　　禹繼承父親鯀的事業，繼續治理洪水。在治水中，禹常化做一隻大熊掘土開山，一次被妻子塗山氏撞上了，塗山氏看到自己的丈夫是一隻大熊，嚇得變成了石頭。塗山氏變成石頭時已有身孕，禹向已變成石頭的塗山氏大喊：「還我兒子！」石頭從北邊啟開，蹦出了一個男孩，這個男孩就是啟（圖3-7）。

77

圖3-8　夏啓出行圖，《山海經‧海外西經》（蔣
本）（曾舒叢/摹）

禹死後，啓攻殺禹選定的繼承人伯益，自己繼承王
位，從此，王位繼承由「禪讓制」變成了「世襲
制」。孟子認爲，啓得天下是民心所歸，禹死後，
天下人只認可作爲先君之子的啓而不認可伯益。

　　禹在治水過程中時常變成大熊，這可能與夏部族的圖騰有關。隨著
文明的進步，原始的圖騰崇拜只能隱約地閃現於神話之中。禹由鯀屍化而
生，只知其父，不知其母，啓雖知其父亦知其母，但是啓仍是裂石而出，
屍化與石生只是民族童年時期對生育的多種神話解釋中的兩種。這些奇幻
想法一直影響到後世，如《西遊記》裏從石頭中蹦出神猴孫悟空就是石生
的又一典型。

　　夏部族的始祖由於有治水的大功而逐漸在各部族中樹立起威信，並最

終成爲天下共主，建立了中國歷史上第一個王朝——夏，從此開始了所謂

的「家天下」的歷史。啓就是夏朝
的第一任君王（圖3-8）。

　　商本是夏王朝統治下的一個部
族，後來商湯革命，推翻了夏朝最
後一位君王桀的殘暴統治，建立了
商朝。實際上，商部族的起源並不
比夏部族晚。商部族處於東邊，以
鳥作爲部族的圖騰，所以其部族始
祖的誕生與鳥有關。

　　商的始祖是契（圖3-9），契的
母親叫簡狄。一天，簡狄和妹妹在
一個高台上用餐，一隻燕子飛了過
來，啾啾直叫，引得簡狄與妹妹拿
玉筐去逮。姐妹倆好不容易把燕子
扣在玉筐下，掀起筐來看時，燕子

圖3-9　契（曾舒叢/摹）

契爲殷商始祖，曾協助禹治水，治好水後，賜
任司徒之職（主要掌管教育的官），並被封於
商（今陝西商洛），開啓了後來殷商王朝的基
業。

卻趁機逃走了。簡狄發現玉筐裏面留有兩顆燕卵，她非常驚喜，吃了一顆
下肚，立即覺得有一股暖流直入體內，於是有了身孕，後來生下了一個男
孩，名字就叫契。而那隻燕子其實是天神派來的。

　　在人類文明的初期，人出生後成活十分艱難，人口成爲最大的財富。
簡狄吞燕卵而生契反映了商部族對鳥類卵生的崇拜。

　　周是居住在西邊的另一個古老部族，其始祖后稷的誕生也同樣體現
出天人合一的特點。傳說后稷的母親姜嫄，是有邰氏之女，帝嚳的妻子。
一天在野外玩耍，在一片濕地上偶然發現有一個巨大的腳印。姜嫄既感驚
異，又覺得好玩，便用自己的腳踏進巨人的足跡裏。誰知她剛剛踏進巨人
足跡大拇趾的地方，就感到身體裏有種震動。回家不久，姜嫄就懷孕了，

圖3-10　后稷圖，清代
《欽定書經圖說》插圖

后稷爲其母姜嫄不婚而
生，被視爲不祥而棄之於
隘巷，馬牛從他旁邊經過
都不踩他；被置之林中，
恰逢山林中人多；又被棄
於冰上，飛鳥以翅膀爲他
取暖。姜嫄以爲神，養大
了他。因爲最初想要拋棄
他，所以取名叫「棄」。

後來就生下了后稷。這個巨大腳印就是天帝留下的（圖3-10）。

　　后稷與契的出生有其相似性，都與天神有關聯。商部族始祖契是其母
吞食了天神派來的燕子所遺之卵而生，而后稷則是姜嫄履天帝腳印有感而
生的。所以契和后稷都理所當然地與天神聯繫在了一起，上古早期居民對
祖先的崇拜的一個重要表現就是將神與祖先相結合，使祖先神化。

　　中國上古社會沒有形成宗教文化，因此，在中國文化中，祖先崇拜
在某種程度上有了宗教意義。祭祖自古至今都是中國人最爲隆重的活動之

圖3-11 誕生日，[法] 菲利普·
德·尚帕涅/繪，法國里爾美術博物
館藏

畫中描繪聖母瑪利亞因感孕而生下
耶穌的情景。瑪利亞，是木匠約瑟
的妻子。據《聖經》記載，聖母生
耶穌前，她和約瑟從未同房，是受
上帝的旨意而懷孕生下耶穌，耶穌
即是上帝之子。

一。在古代中國，祭祀與戰爭是國家最重要的兩件大事。祖先與天雖分為二，可兩者卻有精神上的一致性，尤其是家天下之後的王室祖先，都被認為是天意的代表，祖先「以德配天」而「方有天下」，後世子孫尊崇祖先就是遵奉天意。

《詩經》中的「三頌」就是商、周以及魯國祭祀祖先時的宗廟音樂。在這些詩歌中，部族子孫將自己祖先的功績與部族的歷史反覆吟唱，以表對祖先的崇敬與追念，商部族與周部族的始祖神話就是在祖先祭祀過程中產生的。

契與后稷的出生神話其實只是眾多感生神話中的兩個，中國神話傳說中還存在許多類似的族源神話。比如秦部族的始祖神話與商部族的如出一轍，秦的始祖也是由其母吞燕卵而生。感生神話不僅是各部族對自身起源的一種解釋，同時也成為後世神化某些特殊人物的重要工具。感生神話在西方神話中也可以找到，最為有名的如《基督耶穌的誕生》就是明顯的感生神話，聖母瑪利亞因感受到上帝的旨意而懷孕生下耶穌（圖3-11）。

部族起源神話是各部族對自身歷史的一種推源，主要講述本部族始祖的來歷、社會組織的起源以及譜系等內容，反映了部族成員對祖先的追念，表現出了對本民族的自豪感。同時，部族始祖神話中祖先崇拜的對象一般都是男性祖先，各部族的始祖也一般只追認男性始祖。這表明，祖先崇拜可能是進入父系社會之後才普遍出現的。已故的祖先在中國文化中有著重要的地位，祖先留下的經驗與法則是後人行動的重要依據，崇拜祖先的一個必然結果就是尊重過去、尊重傳統，因而中國文化總是在立足過去、繼承傳統的基礎上開創未來。

▌民族向心力與氏族戰爭神話

中國是一個多民族國家，中國歷史是民族融合的歷史，中國文化是各民族在不斷融合中共同創造的，氏族戰爭是民族融合的推動力。中華民族的早期民族融合在中國神話傳說中有明顯的反映，中國古代的戰爭神話就是在民族融合的進程中產生的。

戰爭是民族融合與發展中的重要事件，世界各地都有反映戰爭的神話，湧現出許多記載戰爭神話的經典史詩。如古希臘的《荷馬史詩・伊利亞特》、古巴比倫的《吉爾伽美什》、古印度的《摩訶婆羅多》和《羅摩衍那》、西班牙的《熙德之歌》等等。在中國，記載戰爭神話的史詩主要產生於少數民族之中。漢民族的早期氏族戰爭神話大多只是零散保存在《山海經》、《淮南子》等先秦典籍中，並未能形成大規模的戰爭英雄史詩。如黃帝與炎帝的爭戰、黃帝與蚩尤的爭戰等神話故事並沒有西方的戰爭神話那麼完整，但卻表現出了不同的氏族融合之道。

在上古時期的華夏中原大地上，曾迴蕩過上古早期居民群雄逐鹿的疾呼吶喊，廣袤的山川平野上留下過他們征戰的足跡。神農炎帝（圖3-12）、

83

圖3-12 神農炎帝像

炎帝傳說是上古時期姜姓氏族的首領，又稱赤帝。炎帝以火德王，故號炎帝。炎帝少而聰穎，三天能說話，五天能走路，三年知稼穡之事。因發明農藝，而被奉為主農藝之神，稱為神農。炎帝氏族被黃帝氏族打敗後，炎黃融合，同為中華民族的始祖。

圖3-13 軒轅黃帝像

軒轅黃帝本姓公孫，長居姬水，因改姓姬，居軒轅之丘，故號軒轅氏，出生、創業和建都於有熊，故亦稱有熊氏，因有土德之瑞，故號黃帝。黃帝是中國遠古時期的氏族首領，他通過與其他氏族的戰爭實現了中原的初步統一，促進了中華民族的融合。

軒轅黃帝（圖3-13）、九黎蚩尤以及共工、顓頊等氏族首領都可能是戰爭中的領袖與英雄。各氏族經過長期的紛爭、融合，在中華大地上主要形成了黃帝、炎帝、蚩尤為首領的三大氏族集團。

　　傳說黃帝是遠古時代的氏族首領少典與其妻子有氏所生，生而能說話，長大後異常聰明。還有一種說法是，一位名叫附寶的姑娘半夜在野外受到閃電的感應，懷孕二十五個月後生下了黃帝。他一開始在西方的姬水（今陝西省渭河流域一帶）附近居住，後來定居於涿鹿，也就是現在的河北省涿鹿、懷來一帶。而炎帝則傳說是少典的妃子女登受一條神龍的感應

而懷孕生下的，生下時，炎帝牛頭人身，身邊大地自動出現九口水井。西方姜水（今陝西寶雞）附近最初就是炎帝的屬地。

九黎族是一個十分強悍的氏族，他們的首領蚩尤，牛頭人身，頭上的角鋒利無比，無堅不摧，耳朵上的毛髮都像刀鋒一樣，生性殘暴好戰。據說他有八十一個強大無比的兄弟，都是獸身人頭，銅頭鐵額，把沙石當飯吃。他們善於製造各種精銳的兵器，這使得他們在戰爭中屢屢得勝。

這三大氏族不可避免地發生了激烈的爭戰，首先是炎帝受到強悍的蚩尤氏族的侵犯，炎帝氏族不敵，被逐出九隅。也有人懷疑「九隅」就是「九州」，炎帝與蚩尤氏族是最早進入中部黃河流域的氏族，後來才有黃帝氏族的到來。

炎帝氏族在九隅之戰後又與黃帝氏族交鋒，這就是著名的阪泉之戰。據說炎帝擅長火攻，在黃帝沒有防範的情況下，先發制人，率兵以火圍攻，使得黃帝所在的軒轅城外經常濃煙滾滾，遮天蔽日。黃帝派應龍帶人用水熄滅火焰。之後，黃帝率領熊、羆、貔、貅、貙、虎在阪泉之野（今山西或河北境內）與炎帝擺開戰場。黃帝還號令雄鷹、老雕從空中向炎帝部隊發起進攻。黃帝囑咐手下只和炎帝鬥智鬥勇，不傷其性命。經過三次交鋒，黃帝徹底戰勝炎帝。從此黃帝與炎帝兩大氏族聯盟（圖3-14），逐漸融合成了以炎黃氏族為主的華夏民族。

聯盟後，炎黃氏族還時刻面臨著蚩尤所領導的氏族集團的侵犯。最終，兩者之間進行了一場大規模的戰爭。蚩尤氏族十分強大，又擁有先進的冶煉技術，善製兵器，在戰爭初期佔盡優勢。傳說蚩尤發動他的八十一個兄弟向黃帝發起進攻，又慫恿魑魅魍魎等鬼怪以及南方的苗民前來助陣。黃帝率領應龍、風后以及熊、羆、狼、豹、雕、龍、鶚等迎戰蚩尤。雙方在涿鹿展開了激戰。蚩尤能呼風喚雨、吹煙吐霧，又請來風神、雨師興風作雨。黃帝這邊的部隊起初被打得落花流水，蚩尤取得了九戰九捷的

圖3-14　炎黃二帝塑像及摩崖《炎黃賦》，河南鄭州邙山風景區（磊鳴/攝）

炎黃二帝被視為中華民族的始祖，中華民族也自稱是「炎黃子孫」。黃帝族與炎帝族在歷史上眞實存在過，他們經阪泉之戰而融合，形成了華族，漢以後稱為漢族，因為歷史久遠他們的故事被神話化，炎黃二帝也成為神話人物。

戰績。後來黃帝的部下發明了指南車，指引部隊成功地衝出了蚩尤的迷霧陣，又吹響了牛角軍號，嚇散了蚩尤部下的那些鬼怪。黃帝還請來女兒魃（圖3-15），魃的禿頭能發出熾熱的光芒，頓時驅散了狂風暴雨。最後黃帝擂響了用夔皮製成的戰鼓，鼓聲震天動地，黃帝部隊士氣高漲，而蚩尤一方被驚得魂飛魄散，四處逃竄。黃帝見機，派應龍活捉了蚩尤，後將他殺死在涿鹿（圖3-16），取得了最終的勝利。

我們從以上黃帝戰蚩尤的神話中，可以隱約地看出最早的部族融合的情形。蚩尤的八十一個兄弟，應該是指臣屬於蚩尤的八十一個氏族。而黃帝所率的熊、羆、狼、豹、貙、龍、鶚也應該是以這些動物為圖騰的氏

圖3-15　魃，《山海經・大荒北經》（汪本）（曾舒叢/摹）

據《山海經・大荒北經》記載，魃身著青衣，是黃帝之女。蚩尤起兵侵伐黃帝，黃帝令應龍在冀州之野迎戰蚩尤。蚩尤請來風神雨師，大縱風雨，黃帝部隊嚴重受挫。於是黃帝從天上請來魃，幫助驅散風雨，最終戰勝蚩尤。可魃從此不再回到天上，只要是她所居住的地方就不會下雨，也造成了很多旱災。

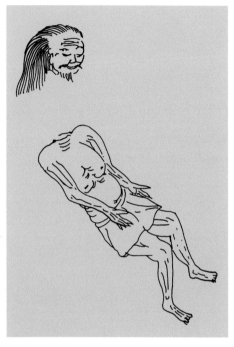

圖3-16　被黃帝斬首後的蚩尤，《山海經・大荒北經》（汪本）（曾舒叢/摹）

傳說蚩尤刀槍不入，善於使用刀、斧、戈作戰，勇猛無比。蚩尤被黃帝所殺，帝斬其首葬之，首級化爲血楓林。後黃帝尊蚩尤爲戰爭之神，並把他的形象畫在軍旗上。

族。戰勝蚩尤後，黃帝乘勝東進，一直進抵泰山附近，在那裏舉行「封泰山」儀式後方才凱旋西歸。同時在東夷氏族中選擇了一位能服眾的氏族首長繼續統領九夷部眾，從此東夷氏族逐漸併入華夏民族。

　　古希臘神話中的特洛伊戰爭，歷經十年，規模龐大，然而戰爭的直接原因卻十分的浪漫，竟是爲了爭奪一位絕色美女海倫，而最初的起因更

圖3-17　帕里斯的審判，[德] 魯卡斯·克爾阿
那赫/繪

畫中兩個穿著甲冑的騎士是特洛伊王子帕里斯
和神的使者墨丘利，身旁站著三位女神。這三
位女神是赫拉、雅典娜、阿佛洛狄忒，因帕里
斯把寫有「給最美女神」的金蘋果判交給了阿
佛洛狄忒而得罪了其他兩位女神，招致她們對
特洛伊人的報復。

加不可思議，竟是三位女神爲比美而爭風吃醋（圖3-17），從而對人間濫施報復。整個戰爭的起因與結果最終取決於神的操縱，歸根到柢是神們的私欲帶給人類的一場深重災難。相對而言，中國神話傳說中對戰爭的態度是嚴肅認真的，都是寓之以義，戰之有道。黃帝戰炎帝是因爲炎帝與黃帝的統治之道不同，而戰蚩尤則是因爲蚩尤殘暴無道。戰爭中的神其實是氏族首領的神化。以黃帝爲代表的中國古代英雄神，他們人獸結合的外表體現了上古早期居民對強大的動物身體力量功能的崇拜。而在他們人獸結合的身體下，同時還蘊含著深切的人文關懷，通過拯救人類，贏得了人民的崇敬，相比較而言以宙斯爲代表的擁有俊美健壯人身的西方神話人物，追求的只是個人的聲色之樂。

▋ 追求文明與創造發明的神話

　　在中華文明的發展進程中，出現過無數的創造發明。這些創造發明是上古早期居民們的智慧結晶，改善了人們的生活，推動了文明的進步。人們對這些給生活帶來便利的創造發明同樣十分崇拜，把它們的產生過程不自覺地加以神化，將許多集體的創造發明與神話人物聯繫起來，產生了很多創造發明神話和文化英雄人物。與西方神話中天神創造一切相比，中國的創造發明神話傳說更強調人的主觀能動性，重視生活實踐，大多體現的還是人的智慧。

　　火的使用使人們可以燒烤食物、取暖保溫、照明以及防衛，改變了人類的飲食結構和生活習慣，大大地推進了人類的文明進程。人類認識到了火的重要性，對火產生了某種神祕的崇拜，認爲「此物只應天上有」，於是就有了古希臘神話中普羅米修斯從天上盜取火種贈送給人類的故事。在中國神話傳說中關於火的發明流傳最廣的故事是燧人氏鑽木取火的傳說（圖3-18）。

90　　據東晉王嘉的《拾遺記》記載，在遙遠的西方，有一個地方叫遂明

圖3-18　燧人氏鑽木取火，清末《啓蒙畫報》插畫

燧人氏鑽木取火，並把這種方法教給人類，人類從此
學會了人工取火，進入了一個新的文明階段。關於燧
人氏取火，河南商丘有一種不同的說法：燧人氏在山
林中捕食野獸，見擊打野獸的石塊與山石相碰時有火
花產生。燧人氏受其啓發，就以石擊石，用產生的火
花生出火來。

國。這地方沒有日月光輝的照耀，人們分不清白天與黑夜。那人們怎麼照
明呢？原來，這裏有一棵大樹，名字叫遂木。遂木極大無比，樹冠大得可
以罩住一萬頃的土地。遂木上有許多大鳥，牠們用嘴啄擊樹幹，就能夠發
出耀眼的火光，人們就靠這些光亮照明。一位賢人遊經此地，看到大鳥啄

樹發光，受到啓發，用硬物鑽遂木的枝幹，也鑽出了火焰。後來，他把這鑽木取火的方法帶回中國，教給人們。爲了紀念他的功績，大家尊稱他爲燧人氏。

古希臘神話中，火種來自天上，普羅米修斯同情人類，從太陽車的火焰車輪上盜取火種送給人類。而在中國的鑽木取火傳說中，火種就產生在人間，是聖人在觀察與生活中運用智慧的結果。普羅米修斯盜火種的神話體現的是神的恩賜，而燧人氏鑽木取火神話體現的卻是中華先民們改善生活的智慧。

文字的發明同樣是人類文明史上的大事。可以說有了文字的出現才使人類眞正進入了文明的社會。中國神話傳說中有一則廣爲流傳的倉頡造字的神奇故事。

圖3-19 倉頡（曾舒叢/摹）

倉頡是中國原始象形文字的創造者，傳說他仰觀天象，俯察萬物，首創了「鳥跡書」震驚塵寰。在人們看來，有如此偉績的人物長相自然非同一般，才智也無與倫比。倉頡頭上的四隻眼睛閃爍的其實是照亮人類理性的智慧之光。

相傳倉頡是黃帝的史官，他的長相十分奇特，臉像龍，長有四隻眼睛，且每隻眼睛都放射光芒（圖3-19）。他通過觀察星辰、大地、山川，研究烏龜背上的紋路與鳥獸的足跡，最終創造了文字，以至於天神爲之震驚，鬼怪爲之驚惶。這則「驚天地，泣鬼神」的故事，實際上代表著人類理性精神的崛起，表示知識對愚昧的破除。人類從此有了自己的文化自覺，不再受鬼神的支配。

文字（圖3-20）其實是人們在漫長的歷史發展過程中不斷總結、不

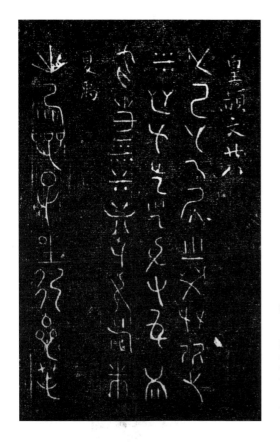

圖3-20　倉頡造字書法碑帖，河南汝州
（磊鳴/攝）

建於漢代的倉頡廟內有一塊《倉聖鳥
跡書碑》，黑石上刻著二十八個古
怪的符號，相傳就是倉頡當年所造象
形文字的本形。宋代人將其破譯爲：
「戊己甲乙，居首共友，所止列世，
式氣光名，左互×家，受赤水尊，戈
矛釜苫。」

斷積累而逐漸形成的，是民衆集體智慧的結晶。歷史上應該出現過對各種
文字進行集中整理、統一規範的人，倉頡可能就是這樣的人物。人們爲了
紀念倉頡，世世代代在穀雨時節對他進行祭祀。

　　房屋的發明同樣對人類的文明進程有著重要的意義。在中國神話傳說
中，房屋的發明也被歸之於聖人。據說最早的人類跟動物一樣，住在天然
的洞穴裏，與野獸爭奪生存空間。後來有一位聖人叫做有巢氏，觀察到鳥
類結巢的現象後，受到啓發，模仿鳥類的習慣在樹上築成鳥巢模樣的住所
供人類棲居。從此，人類開始像鳥類一樣居住在大樹上，從而避開了野獸

93

圖3-21　遠古時代巢居的人們，清代繪畫

有巢氏是原始巢居的發明者。據《韓非子·五蠹》
載，上古時期，地面上的人很少，但禽獸眾多，人
們不勝其害。後來出現了一位聖人，帶領人們在樹
上建巢而居，從而避免了禽獸蟲蛇之害。人們過上
了較為安全的生活，對這位聖人十分尊重，並尊他
為王，稱「有巢氏」。

的侵襲與地面濕氣對身體的傷害（圖3-21）。樹巢比之於洞穴有了進步，但
在樹上生活存在許多不便。後來，黃帝又發明了在地面上建築的房屋。

　　值得注意的是，在中國神話傳說中，黃帝及其下屬包攬了大部分的
發明創造。黃帝又號「軒轅氏」，是因為他發明了車子，其下屬風后在這

個基礎上又發明了指南車（圖3-22），幫助黃帝在戰爭中取勝。黃帝還發明過煮飯用的鍋和捕捉野獸的陷阱。黃帝的臣子雍父則發明了用來給穀類脫殼的杵臼，伯余發明了可以禦寒保暖的服裝。黃帝的妻子嫘祖則發明了養蠶，促進了絲織業的發展。

除黃帝外，炎帝也擁有許多創造發明。炎帝是中華民族除黃帝外最重要的文明始祖，有關他的最重要的創造發明神話就是創造農業。自此人類開始了農耕，大大地推進了文明的發展，所以炎帝也被尊稱為「神農」，

圖3-22　古代指南車，模型

指南車上立著一個直伸手指的小木人，不論車子轉向何方，木人的手始終指向南方。相傳指南車為黃帝的大臣風后所發明，其作用與後來的指南針相似。

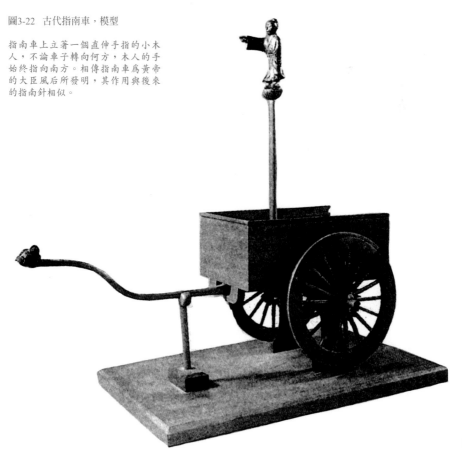

圖3-23　二月二龍抬頭，清代年畫

年畫描繪了初春皇帝率領大臣農耕的情景，畫面下
方金牛拉著神農發明的木犁正在耕作。民間傳說陰
曆二月初二這天是天上主管雲雨的龍王抬頭的日
子，此後雨水會逐漸增多，有利春耕，因此二月初
二被定為中和節，又叫「春龍節」。在這一天，皇
帝為鼓勵農耕而親臨耕種，這也是對神農領導人們
進行農業生產的傳統的繼承。

與人祖女媧、伏羲並列為「三皇」。炎帝還發明了冶煉技術，發明了斧
子，用斧子削砍木頭而發明了耕地用的木鏟和木犁（圖3-23），改進了農業
生產技術。炎帝還被稱為醫藥之神，因為傳說他還發明了中醫，中國神話
裏就有著名的「神農嘗百草」的故事。

　　黃帝與炎帝其實都是「箭垛式的人物」，眾多創作發明原本都是人類
在長期的實踐中智慧積累的結果，但後人心甘情願把這功勞都歸功於黃、

炎二帝，因爲如此神奇而又偉大的創造發明除偉大的聖人、神人，還有誰能做到呢？

中國的創造發明神話的神性沒有其他神話強，大多是只對創造發明過程帶有神性的追述。這些神話傳說從實踐出發，講述的創造發明多源自生活，是人們集體智慧的結晶。雖然多數創造發明都被歸功於神話傳說人物，但這些人物卻也只是對先聖先哲的神化，或者說這些神話傳說人物與民眾血肉相連，他們的創造發明都離不開勞動，都是從群眾需要出發，以改善人們的生活爲目的，具有強烈的人本思想。這顯然與西方神話中一切都是神輕而易舉的創造有著明顯的不同。

文明的
中國神話傳說

4

困境不能阻止的腳步

——英雄和災難神話

▌歌頌辛勤奉獻的神話

　　中國神話傳說蘊涵著中華民族的民族精神。中華民族是一個多災多難的民族，在與災難抗爭中，磨礪了民族意志，提升了民族精神。中國神話傳說中的災難故事是上古早期居民對災難的民族記憶。災難中湧現出的神與英雄成了這類神話傳說中的主人公。

　　研究古希臘文化的學者肯定，古希臘文明是海洋文明，海洋的多變性，以及古希臘人生活的舒適，使古希臘人對人性的弱點有切實的了解，因此，古希臘人在構建神話世界的時候，有更多的從容和遊戲態度，這就決定了古希臘神話的完整性，以及古希臘神話中奧林匹斯山上眾神具有更多人性的弱點，如自私自利、好逸惡勞、貪得無厭（圖4-1）。中國是建立在農耕文明基礎上的文化，農耕文明是有次序、有計劃的理性文明，同時又是充滿了災難侵襲的憂患感的文明，因此，中國上古早期居民需要的是承擔社會責任的神，中國古代神話傳說中的諸神大多勤勞、高尚，胸懷天下、心繫民眾。盤古、女媧、伏羲、炎帝、黃帝、堯、舜、禹等等，我們所知道的那些英雄神，無不如此。

盤古開天闢地，最終身體化生萬物，成就了世界而犧牲了自己。屬於神話傳說性質而又被納入中國歷史體系之中的「三皇」「五帝」，均是勞苦功高，上尊天意，下順民心，為百姓操勞奉獻，最終天下歸心，受後世歷代頌揚。

共工撞不周山後，地裂天崩，暴雨如注，洪水氾濫，猛獸橫行，人類面臨著滅頂之災。人類母親女媧主動承擔起了拯救人類的重任，決心煉石補天（圖4-2）。她周遊四海，遍涉群山，尋找補天所需的五色石（青、黃、赤、白、黑五種顏色的石頭），又借來神火，冶煉五色石，補好蒼天，止住了暴雨。在這過程中，女媧歷經艱辛，歷時九天九夜，才煉就了五色巨

圖4-1　薩提羅斯追逐著狄安娜的仙女
們，油畫，[瑞士] 阿諾德・波克林/繪

薩提羅斯長有公羊的角、腿和尾巴，是古
希臘神話中森林之神，也是性好歡娛、耽
於淫慾的代表。古希臘神話中神大多如薩
提羅斯一樣有著人類的七情六慾，眾神之
神的宙斯是如此，美麗女神阿佛洛狄忒也
是如此。

石三萬六千五百零一塊，然後又歷時九天九夜，才把天補好。之後，女媧
抓來神鼇，砍下四足，墊起大地的四角；又把蘆葦燒成灰以吸乾洪水，殺
掉害人猛獸。經過女媧一番辛勤勞作，天地秩序恢復正常，人類重新過上
了安樂的生活。

　　女媧不辭辛苦地創造了人類，當人類處在天崩地陷、水深火熱之中
時，她又以大無畏的精神挺身而出，承擔起拯救人類的重擔。女媧的精神
正是中華民族勤勞與奉獻精神的最好詮釋。女媧既是一位補天英雄，又是
最早的洪水制伏者。女媧的形象是上古早期居民征服自然的願望和力量的
化身，女媧補天神話不僅反映了中國古代先民企圖解釋複雜的自然現象，

101

圖4-2　女媧舉石補天，《山海經》
（曾舒叢/摹）

圖中的女媧是人頭蛇身，與漢代磚
刻中的女媧形象一致；而女媧渾身
被烈焰熾烤，則象徵著她煉石補天
的艱辛。

積極認識宇宙、征服自然的進取精神與偉大理想，同時也反映出了他們以拯救天下為己任、為民除害、造福人類的崇高的精神面貌。

民間為紀念女媧，在許多地方每年都過「天穿節」，人們在這天會做許多煎餅鋪在房頂，以象徵女媧補天。至今一些地區還保留著「掃晴娘」的習俗（圖4-3），每逢雨水不止，人們就在掃把上繫上象徵女媧的人像，掃向空中，祈禱女媧顯靈，再來止雨。

前面提到過的治水英雄鯀禹父子，同樣心繫百姓，治水救世。鯀、禹治水雖成敗有別，但偉大崇高的犧牲精神卻一樣。鯀為治水救人，心急如焚，情急之下，私盜天帝息壤，並因此而被天帝所殺。但鯀無怨無悔，

圖4-3 掃晴娘，20世紀20年代《中
國迷信研究》

雨水過多時，民間有祈求掃晴娘止
雨的習俗。女媧即是掃晴娘的原
型，女媧補天後，雨水停止，天空
放晴；掃晴娘以掃帚掃除陰雨天
氣，迎來晴朗天氣。因此，祈求掃
晴娘的習俗被視爲女媧補天神話在
民俗中的反映。

精神不死，屍化而生禹。禹子承父業，繼續治水，反覆研究，改堵爲疏，
化做大熊開山掘土，歷經十三年，三過家門而不入。禹由南到北，從東到
西，走遍了九州各地，遍治天下諸河，又安置百姓，分配土地，教民生
產，不顧風雨，不畏艱辛（圖4-4）。由於常年泡在水裏，小腿寒毛全都脫
落，腳跟腐爛，只能拄杖而行。雙手沒了指甲，身形消瘦，兩頰深陷，嘴
突出如鳥喙。在禹治水的過程中，雖有許多神奇事件發生，然而起決定作
用的還是主人公的辛勤勞作。禹作爲中國文化中的聖王，其地位不是神的
恩賜，也不是因爲天資，而是自己功績的積累（圖4-5）。

　　古希臘與古希伯來也都有洪水災難的神話，其重點在表現人類由於獲

103

圖4-4 禹濬畎澮圖，版畫

圖中大禹正指導灌溉工程。相傳大禹平定洪水後，命太章和堅亥丈量大地，劃分九州，與后稷一起教民播種糧食，爲民眾提供穀物和肉食，發展貿易，互通有無，安定百姓，又把鬼怪形象鑄在九鼎上，便於人們識別，以免受其害。

圖4-5 帝堯賞賜大禹

大禹因治水有功，被封爲司空，賜姓姒氏。鯀被殺後，舜舉薦禹來繼續治水，其時帝堯仍在位，可大禹被封爲司空卻是在舜即帝位之後。此事見載於《尚書·堯典》中，舜繼承堯帝之位後大封功臣，封大禹爲司空，肯定了他的治水功績。

罪於神而應受懲罰，最終除了聽從神的旨意的一家人活下來之外，人類全都滅亡了。古希臘和古希伯來洪水神話表面上是宣揚神的至高無上性，警告人類切勿墮落與不遵神旨，但內涵實際上是告訴人類應該敬畏自然，克制過度的欲望。在古希臘和古希

帝堯命禹治水慶南北周行寓內東造延西疏九河

於滑淵關五水於東北平易相土觀地分州殊方各

進有所納貢民去崎嶇歸於中國堯曰兪以固冀於

此巡號禹曰伯禹官司空賜姓姒氏

書集淵海

伯來神話中，神是主宰，人是匍匐在地上的奴僕，如不服從神的旨意，神可以隨意降臨災難懲罰人類。而在中國兩個洪水災難神話中，人類都是無辜的受害者，且都是因為英雄神的幫助，而最終得以渡過難關。中國神話傳說中，神雖也比人更具力量，但人始終是神話傳說關注的主體，所以中國的英雄神均體現出強烈的為人類犧牲的奉獻精神，這表明中國古代神話

圖4-6　神農採藥圖，山西省雁北地區文物工作站藏

傳說神農身體是透明的，可以看清吃下去的草藥在體內的反應情況，以此來研究藥性；又傳說神農還有一根紅色的鞭子，用鞭子鞭打百草即可識別草木的藥性。據川東民間傳說，神農最終因嘗了劇毒之草——斷腸草而中毒身亡。

傳說中的神是依附於人類而存在的，而不是異化於人類而存在。

　　此外，還有神農炎帝爲了解決人類治病問題，決心嘗百草，定藥性。他遍嘗天下的草藥（圖4-6），以自己做實驗，觀察各種草藥在自己體中的反應，所以經常中毒，有時一日之內就中毒七十多次，受盡折磨。通過長期的總結積累，神農終於制定了人體的十二經脈和《本草經》，創造了中醫，造福人類。如此捨身爲人、以造福人類爲最終追求的神，與古希臘神話中的普羅米修斯如出一轍，不同的是，普羅米修斯所受的苦難大多來自其他神的折磨，而中國的神所受到的苦難卻多是任務本身的不易。

　　中國神話中英雄神是人類的保護神，是他們的付出與犧牲換來人類的平安。他們所創造的神奇不是簡單地憑神力所至，而是更多地依賴於他們流血流汗的艱辛付出。直到今天，中華大地上還盛行著對這些英雄神的紀念、祭祀活動。後人對英雄神表示追念與感恩，感謝他們爲人類所做的一切，祈求他們永遠庇護人間。

　　總的看來，中國古代沒有形成以神話人物爲中心的統一宗教，所以，中國古代神話中的英雄神並不是通過宗教的傳承而流芳後世，女媧、神農、鯀、禹等神話傳說人物之所以不朽，既緣於有關他們的故事生動神奇，更在於他們爲人類奉獻的巨大功績，以及他們身上所體現著的勤勞、智慧、勇於犧牲、樂於奉獻等人格魅力。

▍弘揚不懈進取的神話

　　如果有人要與太陽賽跑，你也許會認為這人是在癡心妄想；如果有人想憑著肩挑手提，要使高山變平地，使山路變坦途，你一定會認為這人是不自量力。但在中國神話傳說中確實存在這種「癡心妄想」而又「不自量力」的英雄。夸父逐日、愚公移山的故事講述的就是這樣的英雄。主人公夸父、愚公身上所體現出的堅忍不拔、鍥而不捨的意志與敢想敢作、積極進取的特質都是中華民族受益無窮的精神養料。

　　傳說夸父（圖4-7）住在一座名叫「成都載天」的高山裏，他身強力壯，高大魁梧，意志力堅強，常常將捉到的兇惡的黃蛇，掛在自己的兩隻耳朵上作為裝飾，或抓在手上揮舞。一日，夸父在勞作時，看見火紅的太陽自東方升起，慢慢向西移去，便心生遐想，希望能追上太陽。於是他拔腿便跑，與太陽賽起跑來。

　　夸父的想法實在是大膽而富於想像力，體現出了人在自然面前的執著與自信。上古早期居民認識到太陽是時間與生命的源泉，光陰似箭、時光荏苒、日月如梭等對時間與生命飛逝的感歎都與太陽的運動有著直接的聯

圖4-7　夸父逐日，《山海經·海外北經》（蔣本）
（曾舒叢/摹）

夸父的頭上爬滿小蛇，兩手各持一條蛇，奮力向前
追趕太陽。蛇增加了夸父的氣魄，使其形象更為英
勇。但在西方神話裏，跟蛇有關的神話人物很少有
正面形象，如古希臘神話中的女妖美杜莎，人頭蛇
身，頭髮全是毒蛇，人一看到她的眼睛就立即會變
成石頭。

繫。夸父想追上太陽，與太陽同在，或許這樣時間與生命就不會消逝，與
太陽賽跑其實就是與時間賽跑。夸父逐日折射出的是中國古代先民珍惜光
陰、積極改造自然的主體意識。

　　夸父從東追到西，一直追到太陽墜落的地方。由於他奔跑得太久，不
曾停歇，在火熱的太陽的炙烤下，他既疲倦又口渴。為了解渴，他一口氣
就把黃河水喝乾了；他接著又跑到渭河邊，把渭河水也喝光，仍不解渴。
夸父又向北跑去，因為北方的雁門山附近，有個縱橫千里的大澤，叫做瀚

海。可夸父還沒有跑到那裏，就再也跑不動了，他像一座大山一樣轟然倒地，渴死在逐日的途中。在臨死的一瞬間，他扔下了手杖，手杖落地的地方，頓時生出大片鬱鬱蔥蔥的桃林。

　　還有一種解讀認為，夸父逐日不是在與太陽賽跑而是在驅逐太陽。因為神話與歷史的糾結不清，中國人總試圖追尋神話傳說中的歷史事件，認為神話傳說總有某種現實依據。夸父逐日很可能是對上古時期的一次旱災的神話反映。夸父之所以逐日就是要趕走曝曬大地的太陽，緩解災情。而夸父喝乾黃河、渭河也是對當時河流乾涸斷流現實的神話想像。夸父的手杖也成了驅趕太陽的武器。最後夸父的手杖化做桃林也就可以理解為上古早期居民對樹蔭的渴望了。這樣，夸父就由誓與太陽賽跑的個人英雄神變成了一位為人們祛災減難、不惜犧牲自己的民族英雄神。然而不管是追逐太陽還是驅趕太陽，夸父身上都洋溢著自信豪邁的氣概。

　　中國神話中還有一位與夸父一樣敢想敢作的英雄——愚公（圖4-8），但愚公不是神，他只是一個平凡的沒有任何神力的老人。「愚公」本指愚笨的老翁，然而這位年近九旬的愚公卻是最受中國人尊崇的人。愚公家門前是高大的太行山和王屋山。兩座大山嚴嚴實實地擋住了愚公一家的出門之路，出入很不方便。一天，愚公突然產生一個大膽的想法——把兩座大山移走。

　　愚公說幹就幹，說服妻子，帶領全家老少動

圖4-8　愚公，雕塑，河南濟源王屋山愚公故居園（畾鳴/攝）

雖然故事中的愚公本身沒有任何神通，但他堅毅的形象已經深入人心，愚公精神已成了中華民族的精神滋養。

圖4-9　愚公移山，浮雕，河南濟源市博物館（聶鳴/攝）

浮雕以愚公手揮鎬頭、挖山不止的形象來傳達其不懈進取的精神。濟源被認爲是愚公的家鄉，中國人總喜歡爲神話傳說中的人物尋找家鄉，似乎要證明這些人物都眞實存在過。

手移山。大家肩挑手提，用竹筐裝土石挑運到千里之外渤海邊上。但渤海實在太遠，冬夏換季，才能往返一次（圖4-9）。

　　愚公的舉動引起了別人注意，有贊成者的支持，當然更有非議者的嘲笑，比如智叟。智叟是指聰明的老頭，恰好與愚公形成對比。智叟的「聰明」在於他看到了愚公移山行爲的「不自量力」，他笑著阻止愚公說：「你眞是太愚蠢了，就憑你的風燭殘年，恐怕連山上的草木都難以移動，又怎麼能把泥土和石頭移走呢？」而愚公的回答是：「我死了，還有兒

111

圖4-10　愚公移山圖（局部），油畫，徐悲鴻/繪

徐悲鴻（1895－1953），江蘇宜興人，原名壽康。中國現代美術事業的奠基者之一，傑出的畫家和美術教育家。這幅《愚公移山圖》作於1940年，屆時正值中國人民抗日的危急時刻，畫家作此畫意在表達抗日要有愚公移山一樣的決心和毅力，鼓舞人們去爭取最後的勝利。

子；兒子又生孫子，孫子又生兒子；子子孫孫無窮無盡，可山不增高不加大，何愁挖不平呢？」（圖4-10）

　　智叟之「智」似乎是知難而退、量力而行，但其實代表的是世俗的急功近利，目光短淺而安於現狀；愚公之「愚」看似是不自量力，卻代表著一種「忘懷以造事，無心而為功」的精神，目光長遠而充滿開拓進取的精神。面對別人的異議與質疑，愚公沒有動搖，他敢於擺脫傳統束縛、堅持主見，並勇於挑戰自我，迎難而上，堅定不移。愚公及其家人矢志不渝、鍥而不捨、前仆後繼的奮鬥與進取精神教育了一代又一代中國人。儘管故事的結局是山神向天帝報告，天帝被愚公的決心與誠心打動，命令夸娥氏的兩個兒子背走兩座大山的，但愚公精神對身處在喧囂浮躁而又急功近利

的社會裏的人們來說無疑具有啓示作用。

　　愚公以九十高齡而身先士卒，帶領家人開始移山偉業，以自己的行動感召家人與鄰居，並最終感動天帝。愚公不是誇誇其談的空想家，而是扎扎實實的實幹家。「千里之行始於足下」，「九層之台起於壘土」，愚公以實際行動再次印證了這些古訓。愚公代表的是一種積極的人生觀，他的故事是對消極人生態度的一種有力批判，反映出了中華民族積極樂觀的民族性格。在愚公與夸父們的身上，我們看到了中華民族鍥而不捨、堅忍不拔、持之以恆的進取精神與敢想敢作、自信豪邁的情懷與意志。在強大的自然面前，上古早期居民表現出了改變生存環境、與命運抗爭的信念與氣魄。

▍倡導勇敢抗爭的神話

了解古希臘神話的朋友都熟
悉其中有位偉大的英雄——大力神
赫拉克勒斯。他神勇無比，完成了
十二項使命，還幫助伊阿宋奪取金
羊毛，並解救過普羅米修斯。有關
他英勇無畏、敢於鬥爭的神話故事
大家都耳熟能詳。其實在中國神
話傳說裏也有一位類似的英雄，
他就是羿。

有關羿的故事開始於對農業文
明極具殺傷力的旱災（圖4-11）。夸父
逐日的故事也反映的是上古時期的
一次旱災，但那次旱災似乎沒有羿
遇到的這次嚴重，因為這次出現在

圖4-11　后羿射日，漢代畫像石（拓片）

畫像中羿在樹下彎弓射擊停在樹上的烏鴉。傳
說這些烏鴉是三足的金烏，是太陽的化身，一
說是太陽的坐騎，射落烏鴉就等於射落了太
陽。十日並出應是對上古時期一次罕見的旱災
的一次神話反映。

圖4-12　挎著金箭袋，手持神弓的赫拉克勒斯勇殺斯蒂姆法利亞的食人鳥

赫拉克勒斯是眾神之神宙斯和阿爾克墨涅的私生子。他拿著諸神送給他的禮物，完成許多常人不可能完成的任務，成為希臘神話中最偉大的英雄。

天空的是十個太陽。這十個太陽正是天帝帝嚳與妻子羲和的十個兒子，他們本應在母親羲和的管制下，每天一個輪流乘車穿越天空，給大地萬物帶去光明和熱量。可是有一天，這十個太陽突發奇想，要一起周遊天空，並趁母親不注意，全都溜了出來。於是，大地成了火爐，人們成了熱鍋上的螞蟻，各種妖魔怪獸趁機肆虐人間。

羿是個神箭手，箭法超群，百發百中。他生下來時即左臂比右臂長，很適合挽弓。帝嚳決定派羿下臨人間教訓他的這些兒子，並懲治妖魔怪獸。帝嚳送給羿一副紅色神弓和一隻裝有十支白箭的箭筒，就如古希臘神話中阿波羅送給赫拉克勒斯一張弓，雅典娜送給赫拉克勒斯一個金箭袋一樣（圖4-12），只不過赫拉克勒斯得到的是嘉獎的禮物，而羿得到的卻是完成使命的利器。

115

羿下凡後，登上東海邊的一座大山，看到正在天空上嬉戲而不知人間
疾苦的十個太陽，憤怒不已，拉弓搭箭，一箭射了過去。只見一個通紅的
太陽瞬間掉了下來，一團火焰在墜落的過程中紛紛飛舞，像金色的羽毛一
樣飄落漫山遍野。落地後的太陽化做了一隻三隻腳的烏鴉，周身的羽毛是
金黃色的。因此，在中國古代，金烏又被稱爲日精代表太陽，在漢代的磚
刻上就常見三足鳥的圖案（圖4-13）。

羿連發了幾箭，無一虛發，一連射掉了好幾個太陽，大地越來越涼

圖4-13　后羿射日

應天帝之命，神射手羿射落了九個太
陽。圖中三個已被他射落的太陽死後變
成大烏鴉，躺在他的腳下。羿與后羿本
不是一人，但後來漸漸重疊融合，加之
「后羿射日」是四字，符合漢語以雙音
節爲主的習慣，所以「后羿射日」的說
法越來越流行。

爽。正在觀看羿射日的堯，見羿接連射下了好
幾個太陽，急忙命人暗中將羿箭筒中的箭偷出
一支來。這樣羿最終射下了九個太陽。從此，
天空中只剩下了一個太陽。旱災得到了解除，
人類的生活重歸正常。

完成射日後，羿又先後剷除了人臉牛身
馬腳的窫窳（圖4-14）、齒長五尺的鑿齒、九頭
蛇怪九嬰、惡鳥「大風」、巨蟒巴蛇（圖4-15）
等兇惡的怪獸，最後又到中原地區的桑林捕捉
大野豬，獻給天帝。這些怪獸都殘害百姓，為
害一方。羿與牠們展開殊死搏鬥，最終戰勝邪
惡，為民除害。

很巧的是，赫拉克勒斯所完成的十二項
任務中也有殺死九頭蛇怪與活捉大野豬的戰

圖4-14　窫窳，《山海經・北山
經》（禽蟲典本）（曾舒叢/摹）

窫窳又稱猰貐，是后羿射殺的第
一個怪獸，形狀像牛，紅身，人
臉，馬足，叫聲如同嬰兒的啼
哭，性格兇殘，喜食人類。

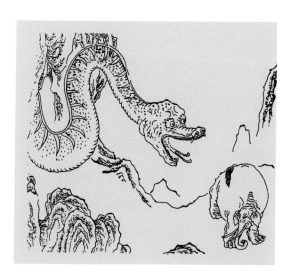

圖4-15　巴蛇，《山海經・海內南
經》（蔣本）（曾舒叢/摹）

巴蛇也叫食象蛇、靈蛇、修蛇，
藍色的頭，黑色的身體，居住在
洞庭湖一帶，吞吃過往的動物，
還襲擊人類，據說牠曾經生吞過
一頭大象，三年才把骨架吐出
來。羿把巴蛇斬殺後，巴蛇的屍
體變成了一座山丘，即現在的巴
陵。

117

鬥。然而，羿的戰鬥是出於為民除害、造福百姓的初衷。羿因為能為民除害，所以成為中國古代神話傳說中的英雄神。而赫拉克勒斯則是為了通過完成那些看起來難以完成的艱巨任務，證明自己是真正的英雄，完全有資格成為神（圖4-16）。

羿為人們除害，使百姓過上了安穩的日子，人們都十分感念他的功德。但天帝和他的妻子卻並不高興，因為羿射死了他們的九個兒子。天帝懷恨不已，取消了羿的天神身份，拒絕他重返天庭。從此，羿就只好生活在人間了。羿由神降為人，與赫拉克勒斯由人升格為神，結局恰好相反。中國神話突出的是羿的為公為民的聖賢情懷，而古希臘神話強調的是赫拉克勒斯令人崇拜的神勇，體現出了中西文化的差異。在中國文化中，具有犧牲精神的就可被稱為英雄，而在西方

圖4-16　赫拉克勒斯殺死內梅亞猛獅，公元前5世紀希臘瓶畫

殺死內梅亞猛獅並剝下牠的獅皮是赫拉克勒斯得到的第一個任務。獅子兇悍無比，人間的武器根本傷害不了牠。赫拉克勒斯最終殺死了牠，並用牠的利爪劃破皮，把獅皮剝了下來。

文化裏，英雄的首要因素可能是具有常人沒有的超凡能力。儘管如此，有關羿與赫拉克勒斯的神話最終都體現出了主人公英勇無畏的氣概。

如果說羿是中國神話中勇於鬥爭、不怕犧牲的英勇戰士，那麼刑天就是中國神話中敢於反抗、永不妥協的悲壯英雄。

圖4-17　刑天，《山海經·
海外西經》（蔣本）（曾
舒叢/摹）

刑天本是炎帝手下的一位
大臣，生平酷愛音樂，曾
爲炎帝作樂曲《扶犁》，
作詩歌《豐收》，總名爲
《扶犁》，以歌頌人民
的幸福生活。刑天因與黃
帝爭帝位，腦袋被黃帝砍
下，埋在常羊山下，但仍
不死心，以乳爲眼，以臍
爲口，繼續戰鬥。

　　刑天本爲炎帝近臣，自炎帝在阪泉敗於黃帝後，刑天一直不甘失敗，
不願意屈從於黃帝的統治。終於，他一人手執利斧和盾牌，直殺上黃帝宮
門之前，要與黃帝爭奪帝位。雙方殺得天昏地暗，刑天終於不敵，被黃帝
砍下了頭顱。刑天雖已身首異處，但雄心不死，志氣不泯，又再次站了起
來。他以兩乳爲雙目，把肚臍當嘴巴，左手握盾，右手持斧（圖4-17），誓
與黃帝再決雌雄。刑天雖然失敗，但他的這種雖死不屈，勇敢抗爭的精神
卻一直深受後人的稱讚。東晉詩人陶淵明在《讀山海經》詩中寫道：「刑
天舞干戚，猛志固常在。」對這位悲壯的英雄予以由衷的讚美。

　　作爲炎黃子孫的中國人之所以頌揚膽敢反抗黃帝的刑天，完全是被刑
天的敢於抗爭、永不言敗的精神所震撼。同時，對刑天的頌揚表明了中國
文化所具有的善良的品性：同情弱者，同情末路英雄。

　　中國神話傳說中這種不屈不撓、抗爭到底的形象，比較經典的還有
銜石塡海的精衛鳥。精衛是炎帝的小女兒被大海淹死後的精魂所化，她痛

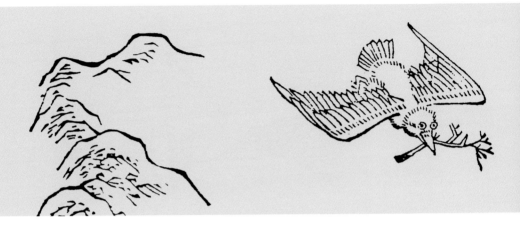

圖4-18　精衛，《山海經·北次三經》（蔣本）

傳說炎帝小女兒在東海遊玩，不幸淹死，她的靈魂變
成精衛，形如烏鴉，白嗉，紅色腳爪，頭花色。世人
常為被東海波濤吞噬的炎帝女兒而歎息，更因精衛鳥
銜運西山木石以填東海的頑強執著精神而心生敬佩。
在東海邊上至今仍立有一處名為「精衛誓水處」的古
跡，以為紀念。

恨無情的大海奪去了自己年輕的生命，發誓報仇雪恨，要把洶湧無邊的
大海填平。於是小小的精衛鳥每天一刻不停地從西山銜了小石子、小樹
枝，飛往東海，投向波濤洶湧的大海，成年累月，從不停息，永不妥協
（圖4-18）。

　　精衛與刑天是中國神話中敢於反抗、絕不屈服的典型代表，他們身上
所體現的精神每逢民族災難時，就會在中國人民身上得到印證。中國歷史
上，有無數英雄，用自己的英勇行動展示了對公平與正義的不懈追求，詮
釋了個人對國家、社會的責任，他們以不屈的身軀挺起民族的脊梁。他們
的精神與中國神話所體現出的勇敢抗爭的精神一脈相承，是對羿、刑天及
精衛精神的繼承與發揚。

▌英雄崇拜與少數民族史詩

　　中國的五十六個民族中除了漢族，其他都是少數民族。五十五個少數民族都是中華民族大家庭中的成員，爲中華民族的燦爛文明作出了巨大的貢獻。許多少數民族的神話不但不遜色於漢族神話，而且遠比漢族神話豐富、系統。少數民族的神話故事大多口耳相傳，世世代代爲人們所傳頌。一些少數民族神話後來有幸形成文字，成爲民族史詩。

　　很多人認爲中國缺乏民族史詩，但只要看看中國許多少數民族的神話傳說就知道他們錯了。中國不但有史詩，而且還極爲豐富，規模巨大，有的至今還活著，被人們傳唱。中國藏族的《格薩爾王傳》有一百多部，一百多萬行，遠遠超過了古希臘與古印度的史詩，可說是世界第一長詩。蒙古族的《江格爾》、柯爾克孜族的《瑪納斯》也都有二十多萬行，此三者合稱爲「中國三大史詩」。少數民族史詩往往被視爲該民族的「根譜」、「百科全書」以及「形象化的民族社會發展史」，成爲該民族情感與精神的寄託，關係著民族的向心力與凝聚力。

　　學者們一般把民族史詩分爲神話史詩與英雄史詩。神話史詩記錄的多

是創世等神話故事，而英雄史詩記錄的多是民族祖先英勇輝煌的功績。其實無論神話史詩還是英雄史詩都帶有很濃厚的神話色彩，因爲英雄史詩在追述民族英雄的偉大事蹟時早已將其神話化了。

藏族史詩《格薩爾》又稱《格薩爾王傳》，產生於原始公社末期，流傳至今已有一千多年，是藏族人民集體創作的偉大民族史詩。史詩塑造了格薩爾（圖4-19）這個高大的民族英雄形象，展示了藏族社會由長期分裂到逐步統一的歷程。

傳說格薩爾出身不凡，是天神的第三子，下凡來拯救受苦受難的世人。格薩爾生在一個肉蛋中，剖開肉蛋他就能站起來開口說話。格薩爾從小受盡磨難，可磨難不但沒有挫敗他，反而磨礪了他堅強的意志。十五歲時，格薩爾就通過賽馬獲得了嶺國的王位，並娶了美女珠茉爲王妃。之後，格薩爾披甲北征，一路過關斬將，斬妖除魔，最終殺了北方魔王路贊，救出次妃梅薩。梅薩爲獨享寵愛，用迷魂酒將格薩爾滯留在北方達十二年之久。最終經赤兔馬流淚唱訴，格薩爾王才醒悟，可在返回的路上又歷經曲折，當他回到嶺國時，政權已落入他人之手，王妃珠茉也已被迫嫁給了霍爾王。格薩爾設計奪回政權後，又飛奔去霍爾國搭救珠茉（圖4-20）。格薩爾一路上以神力變幻通過了魔鬼凶獸守衛的九道關卡，最終殺了霍爾王，降服了霍爾國，與珠茉勝利回到嶺國。此後，格薩爾又東征姜國得到鹽海，南征門國得到門國公主梅朵拉孜，最終消滅了四方魔王，完成了統一四方的大業。之後，格薩爾王又先後征服了包括大食財

圖4-19　格薩爾王戎裝像，清代唐卡，四川省博物館（樂眞斯/攝）

唐卡也叫唐嘎、唐喀，係藏文音譯，唐卡是藏族文化中一種獨具特色的繪畫藝術形式，即用彩緞裝裱而成的卷軸畫。畫中的格薩爾王異常高大，表達了藏族人民對這位民族英雄的無比崇拜之情。

國、卡契玉宗、漢地茶宗、蒙古馬宗、印度法宗等在內的十四大宗。每征服一地，格薩爾王都是滅魔安民，將各類財物以及婦女帶回嶺國，嶺國得以日益強大。最後，格薩爾王完成了降妖伏魔、懲治強盜與安定三界的使命後，又深入地獄打敗了閻王，救出了地獄中的十八億冤魂，帶著母親、愛妃重返天界（圖4-21）。

蒙古族史詩《江格爾》也是一部充滿神話色彩的長篇英雄史詩。它以氏族社會末期奴隸制社會初期為背景，記述了部落聯盟首領江格爾可汗為保衛北方的天堂——寶木巴，與敵對勢力進行了激烈的鬥爭，征服各類

圖4-20 格薩爾王點將台，青海玉樹（馬耀俊/攝）

格薩爾王的點將台傳說是格薩爾王檢閱將士的地方。圖中格薩爾王身騎駿馬、金光閃閃，一位藏民在台下頂禮膜拜。格薩爾王已成為藏族人民心中的保護神。

圖4-21　孜州色達地區格薩爾王藏戲，2009年6月，
第二屆中國成都國際非物質文化遺產節大型巡遊活
動（魏德智/攝）

藏戲起源於8世紀藏族的宗教藝術，17世紀時，從
寺院宗教儀式中分離出來，逐漸形成藏戲。《格薩
爾王傳》為藏戲提供了豐富的戲劇題材。藏族人民
以戲劇的形式再現格薩爾王的英雄事蹟。

妖魔，最終統一各部落的英雄事蹟。江格爾是海兆拉汗的後代，兩歲時，
他的家鄉就遭到一萬個蟒古斯魔鬼的洗劫，父親戰死。江格爾被藏在石洞
中而躲過一劫。三歲時，江格爾就騎著赤驪攻破敵人營壘，降伏了龐大的
魔鬼。五歲時，江格爾被摔角手西克錫力克捉住，西克錫力克想盡辦法要
除掉江格爾，可江格爾總能逢凶化吉，還不斷壯大了自己的勢力。七歲開
始，江格爾率領勇士降伏了無數魔鬼和七十多個國家，在草原上修築宮
殿，建立了四季如春的極樂世界──寶木巴。之後，為了保衛寶木巴，江

圖4-22 《瑪納斯》插圖

《瑪納斯》從頭至尾貫徹著這樣一個主題思想：團結
一切被奴役的人民，反抗異族統治者的掠奪和奴役，
為爭取自由和幸福生活進行不懈的鬥爭。

格爾經歷了激烈的戰爭，打敗和降伏了前來侵犯的魔鬼。

　　柯爾克孜族的《瑪納斯》共八部，敘述了英雄瑪納斯祖孫八代的英
雄事蹟。第一代瑪納斯的故事最為豐富，他還在母腹中時就受到卡勒瑪克
統治者的迫害，之後又少年出走，飽受磨難，最終集合四十個勇士統一了
六十個分散的部落，並出征過七次，平定了四方（圖4-22）。

　　藏族、蒙古族、柯爾克孜族是有悠久歷史的民族，同時又是生活在困
苦環境中的民族，惡劣的生活環境使他們的民族性格中具有了剛強、堅韌
的內涵，他們需要英雄，並且產生了英雄。在這三大英雄史詩中敘述的英
雄及其事蹟，未必就是現實中真實存在過或者真實發生過的，但是，這三
個民族的英雄正是他們世世代代為追求正義、創造善與美的生活而進行艱
苦鬥爭的心靈軌跡的呈現，因此，這些英雄至今還活在他們心中，不斷激
勵著後來人對美好生活的追求與嚮往。

少數民族的神話史詩比英雄史詩產生的時間要早，且比英雄史詩更具神話性與原始性特色。神話史詩反映了少數民族同胞試圖認識自然，渴望征服自然、駕馭自然的精神和願望。神話史詩主要流傳於西南、中南、華南等南方少數民族地區。著名詩篇如彝族的《梅葛》、納西族的《創世紀》、拉祜族的《牡帕密帕》、佤族的《西崗里》、苗族的《古歌》（圖4-23）、壯族的《布洛陀》、瑤族的《密洛陀》、佘族的《盤王歌》等，內容十分豐富。許多民族都擁有不止一部神話史詩。單就苗族的《古歌》而言，就包括「開天闢地」、「打柱撐天」、「鑄造日月」、「洪水滔天」、「兄妹結婚」等十三部神話長歌，涵蓋了幾乎所有大的神話主題。

眾多精彩的民族史詩，在各民族中代代相傳、不斷豐富，至今還活在各民族群眾的口耳之間。它們記錄著各民族的文明發展進程，是各民族的「民族博物館」。隨著統一的中國的形成，各民族融入了中華民族的大家庭，共同締造了大一統的文化中國，他們的史詩神話與漢族的神話有異有同，可以對比參照、相互補充，共同構成了中華民族燦爛多姿的神話世界。

圖4-23　苗族同胞演唱古歌，貴州省凱里市三棵樹鎮季刀村（陳沛亮/攝）

苗族古歌的內容從開天闢地、人類起源、洪水災難到苗族的遷徙、社會制度以及日常生產生活等，豐富多彩，包羅萬象。在歷史上，由於苗族同胞沒有自己的獨立文字，因此，苗族古歌的創作與傳承只能靠歷代人口耳相傳。2006年，苗族古歌被列入第一批國家級非物質文化遺產名錄。

5

民族文化的淵藪
——中國神話傳說的影響

▋文化建設的起點

神話傳說雖然產生於蒙昧時期，但是它卻是文明的起點。中國古代神話傳說中豐富多彩的形象、情節和迤邐浪漫的情懷，以及天人合一的思維方式，被直接或間接地運用於建立大一統文化中國之中，成爲中國文化裏生命力與創造力的源泉。

在西方文化中，龍是兇狠邪惡的代表（圖5-1）。但在中國，龍的形象卻大爲不同，代表著勇敢、剛強、權勢、高貴、尊榮，中國人都自稱是龍的傳人，中國的父母們都有「望子成龍」的心願。

龍起源於原始氏族社會的圖騰

圖5-1　龍橋上的翼龍，斯洛文尼亞首府盧布爾雅那（Jessamine/攝）

龍在西方是一種傳說生物，擁有強大的力量及魔法，種類很多，其家族的龐大毫不遜於中國龍。但與中國龍不同的是，龍在猶太教與基督教中是惡魔的象徵。盧布爾雅那的龍橋建於1901年，橋頭裝飾有四個青銅翼龍，是城市的標誌性建築。翼龍怒目張牙，面目猙獰，代表了典型的西方龍的形象。

129

崇拜，以蛇身爲主體，融合了獸類的四隻腳、馬的鬃毛、鱲的尾巴、鹿的角、鷹的爪、魚的鱗和鬚等，形象豐滿。龍文化建立的過程正是中華民族經歷部族融合後崛起於黃河、長江流域的過程（圖5-2）。

　　中華民族號稱是炎黃子孫，炎帝、黃帝在中華文明史中具有崇高地位，而黃帝的地位又比炎帝尊崇，《史記》所載五帝及夏、商、周三王都與黃帝及其後代有密切的血緣關係。而因此被尊爲「中華文明初祖」的黃

圖5-2　龍，《欽定古今圖書集成》插圖

中國龍是各氏族圖騰的一種拼湊，現實中並不存在。在中國神話傳説中，龍可以上天入水，但一般住在大江大海裏，負責一方的雨水，每一塊水域都有一個龍王，如東海龍王敖廣、西海龍王敖欽、南海龍王敖潤、北海龍王敖順等。在中國民間，隨處可見爲求雨而建的龍王廟。

帝，就與龍有著密切的聯繫。黃帝大戰蚩尤，取得輝煌勝利後，取首山的銅在荊山鑄鼎。據《史記‧封禪書》載，銅鼎鑄好後，有一條披著金甲的神龍破雲而下，牠的尾巴和下半身掛在雲中，腦袋靠在寶鼎上，長長的龍鬚順著鼎足垂到地面。黃帝明白這是自己完成了人間的使命，上天派神龍來接他了，於是縱身一躍，跨上龍背，飛回天庭。百姓捨不得黃帝這樣賢良英明的君主回去，大夥兒扯著龍鬚阻止神龍升天。最後黃帝和神龍還是走了，龍鬚被扯落到地上，便生出許多細小修長的小草，人們就把這草叫做「龍鬚草」。

　　在這個黃帝御龍升仙的仙話故事中，古人用奇麗的想像把代表英明君主的黃帝與存在於神話傳說中的龍結合起來，這也是後世帝王自稱「真龍天子」的由來，並由此形成了一套完整的與「龍」聯繫在一起的君權文化系統：帝王的身體叫「龍體」，穿的衣服叫「龍袍」（圖5-3），坐的椅子叫「龍椅」，乘的車、船叫「龍輦」、「龍舟」，顏面叫「龍顏」，凡是與他們生活起居相關的事物均冠以「龍」字。

　　龍的形象與君權的聯繫實

圖5-3　清世宗愛新覺羅‧胤禛身著龍袍

龍袍是皇帝的朝服，上面繡著龍形圖案。在中國古代皇帝被認為是天子，是真龍的化身。有龍裝飾的物件一般都是皇帝御用，其他人沒資格使用。

際上是遠古圖騰文化的遺留，中國上古早期居民雖然沒有建立一神教的宗教體系，但圖騰文化和巫祝文化確實是長期存在過的。在中國的天梯神話中，神人溝通的途徑沒有古希臘神話那般通暢，而是通過屹立於大地上的幾根天梯實現的。大地的正中叫做「都廣」，對應著天的正中，這裏充滿了神性，一年四季都能播種，植物長得光鮮美好，鸞鳳在此處棲息歌唱。

圖5-4　通天塔，[比利時] 布勒哲爾/繪，維也納藝術史博物館藏

傳說人們想建一座直達天庭的高塔，神對人們的高傲感到氣憤，因此打亂人類的語言，使他們無法溝通，從而無法築成通天塔。這座塔又稱做「巴別塔」，「巴別」就是「變亂」的意思。通天塔與中國神話傳說中的建木一樣，都是人類試圖用來溝通天人的途徑。

中央天帝（即黃帝）在都廣的中央種植了一棵大樹──建木，作為神通向人間的天梯。建木高幾百丈，沒有枝椏，只有一根曲曲折折的主幹直插雲端。而人通向神界的天梯主要是登葆山和靈山，可以登上天梯的人是被選擇過的，也就是專門負責與神溝通的巫師。天梯神話在世界各民族中普遍存在，《舊約》中的通天塔（圖5-4）是人類希望上到天堂所建的天梯，而流傳在西方世界的童話《傑克與魔豆》中長出通天藤條的魔豆也運用了天梯神話的母題。

　　人類在早期的生存中，希望食求飽、衣求暖、無病災、能長生，上古早期居民試圖運用一種技術，借助神靈的力量，以最快捷、最簡易的方法，處理和解決這些難題。在「天梯」神話中，通過「天梯」可以解救人類於任何危難的神奇巫術，在民眾心中奠定了深厚的關於天的信仰基礎。在神話傳說中因為天梯開通之後帶來了神界與人界的混亂，天帝下令把諸如建木、登葆山等天梯關閉，這樣一來，原本隱藏在實物天梯背後的實際天梯──「巫師」（圖5-5）（圖5-6）被凸顯了出來，成為人神溝通的主要力量，由此演化出了後世長存於民間的巫文化。所以，對民間宗教信仰產生著深厚作用的巫祝文化實際在神話時代即已種下了魔豆般的種子。

　　中國神話傳說不僅與宗教有

圖5-5　巫師持蛇作法，春秋楚國琴瑟殘片

在中國古代，巫師有著職業化傾向，被認為是可以與神溝通的人物。在遠古時期，巫師的地位十分崇高，往往被認為是最具智慧和知識的人，許多民族首領可能同時又擔任巫師的角色。

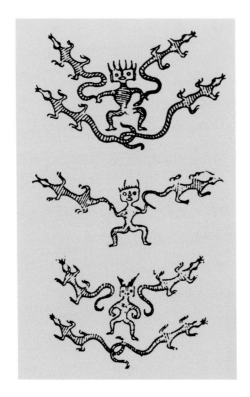

圖5-6　巫師，刻紋青銅禮器面圖案拓片，江蘇淮陰高莊戰國墓出土

圖中的巫師正驅使著壁虎形狀的爬行物在設法。巫師一般被認爲都擁有巫術或法力，可以用來預測未來，操控大自然，解釋恐怖現象，治病救人等等。巫術活動在古代深入到生活各個方面，戰爭、祭祀、出行、婚喪嫁娶、生老病死等各方面都存在用來趨利避害的巫術。

著密切的聯繫，同時也對中國古代哲學產生了深遠影響，與古希臘哲學家同爲軸心時代人物的中國春秋戰國時期的諸子百家，都或多或少地吸收了神話傳說的養料。神話思維被繼承和運用，神話故事被引用於說理，在這個過程中，也不乏對神話傳說的再創造。在這個過程中，諸子百家不僅開啓了當時的思想爭鳴，還以其悠長深遠的理性哲思澤被後世，成爲後世不可企及的文化經典和精神範本。

諸子百家中，以道家的莊子神話色彩最濃，他在哲學論著中大量運用了寓言的手法，其手法本身就是神話中的類比思維的運用。在《莊子·秋水》中，談到了中國的黃河之神——河伯的故事。但莊子並沒有交代河伯的來歷。河伯原本是個凡人，叫做馮夷（圖5-7），不安心耕種，一心想成仙，聽說喝上一百天水仙花的汁液，就可化爲仙體，於是他東奔西跑找水仙花。轉眼過了九十九天，再找上一棵水仙花，吮吸一天汁液，就可成仙了，但馮夷在渡黃河去對岸找水仙花的時候，突遇黃河水位暴漲，被滔滔河水活活淹死。馮夷死後化爲一股怨氣到玉帝那裏訴苦，玉帝見馮夷已吮吸了

圖5-7　馮夷，《山海經‧海內北經》（蔣本）

圖中馮夷坐著由兩條龍拉的車子在水中奔馳。馮
夷，也叫冰夷、無夷、河伯，是中國古代神話中
的黃河水神。在古代，中國許多地方都有祭祀河
伯的習俗。

九十九天水仙花的汁液，理應成仙，於是讓馮夷去當黃河水神。自此，經
常改道、橫行四野的黃河被馮夷治理得井井有條。到了秋天，百川之水匯
入黃河，河面寬闊，魚龍潛躍，波濤洶湧，河伯欣喜非常，認為天下一切
美好的東西全都聚集在自己這裏，他決定順著水流向東走一走，看一看。
當他走到黃河的盡頭，來到北海邊，卻看不見大海的盡頭，原以為闊大的

黃河與大海比起來竟然就像小溪流一樣，河伯這才覺得自己的視野是多麼的狹小。莊子在寫到河伯大開眼界之後，又通過海神的口表述了關於小知和大道的辯證關係，把改造過的神話故事引向了自己的哲學天地。從另一個角度看，《莊子》的整部書文風汪洋閎肆、瑰麗奇偉，其實是對神話傳說的浪漫主義精神實質的一種繼承。

在中華數千年文明史中，無論是精神文化，還是民俗文化，都深深地打上了中國古代神話傳說的印記。一直到我們今天的政治、經濟、宗教、文化生活中，中國古代神話傳說的影響也依稀可辨。

藝術創新的源泉

如果你熟悉中國的古典小說《紅樓夢》，那麼不難發現，女媧補天的神話被曹雪芹巧妙地運用到了小說創作之中，整個故事原來是因女媧當年補天所剩之石，想入紅塵享受幾年而起。頑石變成通靈寶玉，成了男主人公賈寶玉出生時口中所含之寶玉（圖5-8），見證了整個小說故事的發生。整個作品因之籠罩上了一層神話的神秘外衣。古老的神話傳說在小說創作中發揮了獨特的作用。馬克思曾說：「希臘神話不僅是希臘藝術的武庫，而且是它的土壤。」這話同樣適用於中國神話與中國藝術。神話創造要通過幻想與想像，藝術創造同樣離不開幻想與想像。可以說神話本身就是藝術，是人類早期的藝術創造，是後世藝術的生長土壤，深遠地影響了後世的文學、

圖5-8　賈寶玉，《紅樓夢》古版畫

《紅樓夢》代表著中國古典小說的最高峰，書中男主人公賈寶玉因出生時口中含著一塊通靈寶玉，故起名為寶玉。這塊通靈寶玉原是女媧當年煉石補天時的一塊石頭，因無材補天而被遺棄了下來，後求空空道人攜入凡塵，小說情節由此而展開。

137

戲曲以及繪畫等各種藝術創造。

　　神話傳說是中國文學史上浪漫主義的源頭，新穎、奇特、大膽的幻想，是浪漫主義手法的一個基本特徵。被神話傳說滋養著的中國古典文學，在歷史上湧現出了一大批浪漫主義作家，屈原、莊子、李白、李賀、吳承恩等都是其中的傑出代表。

　　神話傳說也為後世作家提供了大量的創作素材，成為文人墨客抒發情志的載體。屈原採擷上古神話的一些情節，創作了《離騷》、《天問》、《九歌》（圖5-9）、《招魂》等充滿奇特幻想的詩篇，尤其是《天問》一篇堪稱千古奇文，是詩歌史上的奇蹟，其中神話傳說的錯綜運用是一個重要原因。屈原的作品為我們保留了許多珍貴的上古神話，上古神話也成就了屈原的詩歌。

圖5-9　九歌圖，[元] 張渥/繪

《九歌圖》卷共十一段，此片段為《東皇太一》、《雲中君》，是依照屈原的《九歌》繪成的。《九歌》是屈原根據楚國民間祭祀各種神靈的歌謠改編而成，充滿了神奇浪漫色彩，是一部明顯受神話影響的文學作品。

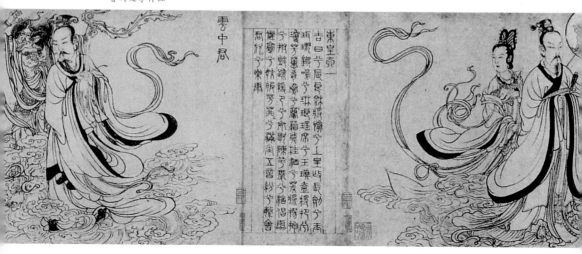

圖5-10　太白騎鯨圖，[明] 徐良/繪，描繪李白放浪
豪壯的「詩仙」意境

李白（701－762），字太白，號青蓮居士，偉大
的浪漫主義詩人，代表作有《蜀道難》、《將進
酒》、《夢遊天姥吟留別》等，被稱爲「詩仙」。
他的詩歌有許多都帶有神話色彩。

　　唐代大詩人李白的詩中也運用了大量神話典故，如：搏土造人、煉石
補天的女媧，射日除害的羿，撞折不周山的共工，以及嫦娥、修蛇、燭龍
等等，其名作《夢遊天姥吟留別》更是描繪了一個活生生的神話天地，勾
畫了一幅奇幻神妙的圖景。可見，李白詩歌的天馬行空與神話的汪洋恣肆
風格也是一脈相承的（圖5-10）。

　　神話傳說更是小說的一個重要源頭。帶有簡單人物情節的神話傳說是
虛構敘述的鼻祖，它與小說有著天然的聯繫。《穆天子傳》其實就是中國
最早的神話小說。該書的重要情節就是利用上古神話傳說寫出的。魏晉時
期，出現了志怪小說，究其本源，仍脫胎於中國古代的神話傳說。《李寄
斬蛇》、《干將莫邪》（圖5-11）、《董永》等志怪故事都可以看到明顯的
神話傳說色彩。

圖5-11 干將鑄劍，清末民初，馬駘／繪（曾舒叢／摹）

干將鑄劍的故事出自中國古代志怪小説集《搜神記》。相傳干將奉吳王闔閭之命鑄劍，採五山六合之精華，煉鐵三月鐵英不化，其妻莫邪縱身入爐，鐵汁遂出，二劍鑄成，雄曰干將，雌號莫邪，鋒利無比。從此干將莫邪成為利劍的代名詞。

　　《董永》講的是一位叫董永的貧家少年，父親死後自願賣身葬父，天帝被其孝心感動，派織女下凡為其妻，織布百匹償債贖身，而後離去的故事。這故事與我們在前文中講過的牛郎織女的神話傳說十分相似，都是神女與凡人結合的故事（圖5-12）。

　　中國的古典名著中還有一部流傳極廣的神話小説《西遊記》。這部小説從內容到表現手法都與古代神話傳說有著血肉聯繫。有人認為齊天大聖孫悟空這一形象的原型是古印度神話中的神猴哈奴曼，但整部小説中的二

圖5-12 董永賣身，二十四孝石刻圖，雲南昆明市鳴
鳳山金殿風景區（楊興斌/攝）

董永賣身葬父，其孝心感動了天帝。故事後來被人
們演繹成了：天帝的第七個女兒——七仙女感動於
董永的孝心，私自下凡來嫁給董永為妻，因此而違
背了天條並受到天帝的懲罰。故事還被改編為戲曲
《天仙配》，被人們經久傳唱。

郎神（圖5-13）、西王母、巨靈神等，都是中國土生土長的神話角色。還有
其中各類奇形怪狀的妖魔都是中國神話中人獸同體、萬物有靈觀念的集中
而具體的體現。

　　《封神演義》、《鏡花緣》、《聊齋志異》等神話小說，也都沿襲著
古代神話的傳統。李汝珍在《鏡花緣》中，剪裁、鋪排了許多上古神話，
如唐敖、林之洋遊歷海外，遍覽種種奇人奇俗，珍禽異獸，簡直就是神話
形象、神話地理與神話故事的大彙集。這些內容大多來自《山海經》，作

141

圖5-13　二郎神與嘯天犬，《西遊記》小說插圖，版畫

二郎神楊戩，是道教俗神，變化無窮，神通广大；嘯天犬是二郎神身旁的神獸，輔助他斬妖除魔。二郎神屬中國本土神，在《西遊記》中，其形象得到了豐富和發展。而《西遊記》作為中國最著名的古典神魔小說，塑造了眾多像二郎神一樣生動的神魔形象，是中國神話傳說與文學藝術相互影響、相互促進的典型代表。

品中的女兒國、毛臉國分別是《山海經》的女子國、毛民國。《山海經》中的神話為李汝珍的創作拓展了想像的空間，激發了寫作的靈感，提供了寫作的素材，同時《鏡花緣》又是對《山海經》神話的再創作。

　　此外，神話傳說對戲劇的影響也很明顯。歷代戲劇中的不少人物、情節都取材於神話，如宋代的傀儡戲，有描述巨靈神的；元劇《竇娥冤》（圖5-14）的故事直接取材於《列女傳》中有關東海孝婦的傳說；黃梅戲中的傳統經典劇目《天仙配》，內容是在前面所述的魏晉志怪小說董永賣身葬父的故事基礎上創新和發展起來的，演化成了一個新的比較完整的神話

圖5-14　竇娥冤，中國戲劇繪圖

元代雜劇作家關漢卿的雜劇代表作《竇娥冤》，
全稱《感天動地竇娥冤》，故事源於《列女傳》
中的《東海孝婦》。主要講述了竇娥被無賴誣
陷，官府屈判錯斬，後得竇父重審才得以昭雪的
故事。作品在藝術上將現實主義與浪漫主義風格
相融合，想像豐富、大膽，情節充滿神話傳說的
色彩。

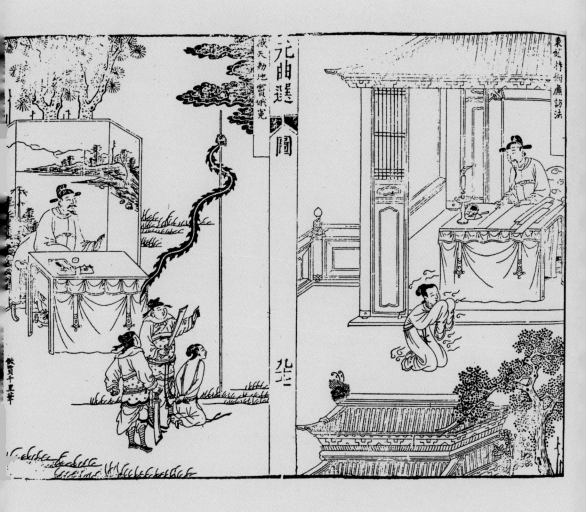

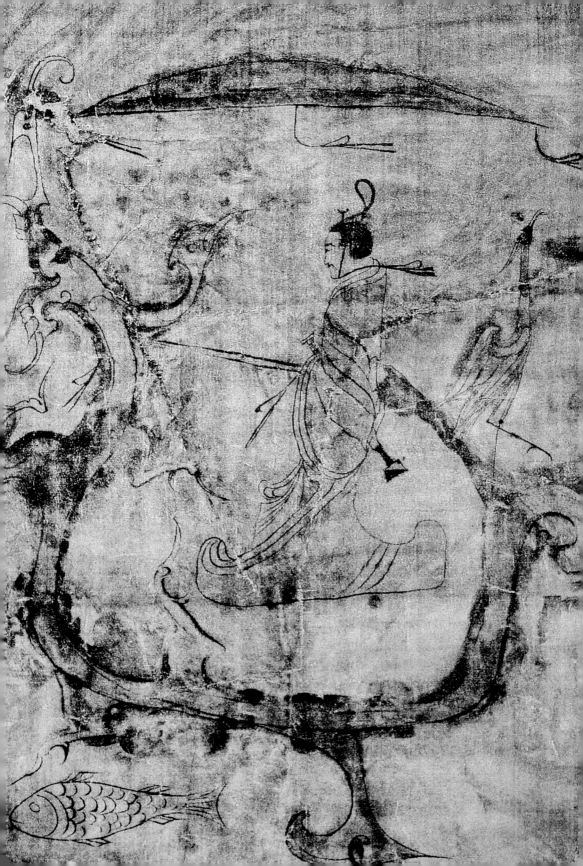

傳說故事。說的是董永賣身葬父，七仙女（玉帝的第七女）深爲同情，私
自下凡，在槐樹下與董永結爲夫婦。玉帝派托塔天王和四大金剛逼迫七仙
女返回天庭，夫妻在槐樹下忍痛分別。此外，如近代的川劇，也有演出
《大禹治水》等神話傳說的劇目。這些都表現出神話傳說與戲曲藝術的緊
密關聯。

　　繪畫上，歷代畫家頗重視神話題材，早在先秦之時，就盛行畫上古神
話故事，在長沙子彈庫出土的一幅戰國帛畫中就有描繪黃帝升天的《人物
御龍圖》（圖5-15）。在山東省嘉祥縣東漢武氏墓群石刻中，有一組古代帝
王畫像，所畫者有伏羲、祝融、神農、黃帝、唐堯、夏禹等十位帝王。其
中九位帝王是人頭人身，唯獨伏羲形象奇異，並且和女媧畫在一起，兩人
都是人身蛇尾。十位帝王都是神話傳說中的人物，女媧與伏羲交尾相擁的
圖畫，反映的正是伏羲、女媧兄妹結婚繁衍人類的神話故事。魏晉時有
《山海經圖》，內容是精衛填海，刑天舞干戚等。近世的三門峽大禹廟
內，畫有大禹治水的壁畫。此外，有許多工藝品以及現代的雕塑作品都
常常涉及到大禹治水、羿射九日、盤古開天闢地、女媧造人補天等神話
題材。

　　神話傳說就如同一座取之不盡，用之不竭的寶藏，爲後世藝術創作提
供了豐富的資源。作爲母題來源的神話傳說，被後世藝術家無數次重現與
再創作；作爲思維情感酵母的神話思維、浪漫情懷，不斷地激發著藝術家
的創作靈感，爲中國藝術釀製出樽樽美酒。

圖5-15　人物御龍圖，帛畫，湖南長沙子彈庫一號戰
國楚墓出土

帛畫描繪了墓主人御龍升天一幕，畫面中心的男子
駕馭著一條巨龍正向天國飛升。龍頭高昂，身平伏
呈舟形，翹起的尾上立一隻鷺，圓目長嘴，仰首向
天。一般認爲該圖反映的是黃帝升天時的情景，表
達出了中國古人死後飛升成仙的願望。

▊ 民族風俗的根基

　　你知道中國人過春節爲什麼要守歲嗎？你知道中國古代有「人日」的節日嗎？你知道有關中秋節的來歷嗎？春節、元宵節、端午節、中秋節、重陽節等，都是中國的傳統佳節，它們的形成歷史悠久，有著豐富的文化內涵，是對中國文化與民俗風情的集中反映。這些節日中的許多習俗都與神話傳說有關。

　　春節是中國人最爲隆重的節日。從傳統意義上講，從農曆臘月的二十三日，一直到正月十五日都可算是春節，其中以除夕和正月初一爲高潮。春節是舊的一年的結束，新的一年的開始，所以俗稱「過年」。在這一傳統節日期間，家人團聚，有包餃子，做年糕，貼春聯，放爆竹，畫年畫（圖5-16），守歲，拜年等等一系列習俗以及其他豐富多彩的活動，帶有濃郁的民族特色。如今世界各地都出現了過「中國年」的熱潮，中國的農曆春節越來越受到世界人民的喜愛。

　　有關春節的傳說很多，其中以熬夜守歲的傳說和貼春聯的傳說最爲

圖5-16 福祿壽三星，蘇州桃花塢木版年畫，中國民
間傳統神話人物

年畫是中國特有的一種繪畫體裁，始於古代的「門
神畫」，大都是在中國農曆新年時張貼，用以祝福
新年吉祥喜慶。福祿壽三星是常見的年畫題材。常
見的福星手拿一個「福」字，祿星捧著金元寶，壽
星托著壽桃、拄著拐杖。福星根據人們的善行施賜
幸福；祿星掌管人間的榮祿貴賤；壽星是中國神話
中的長壽之神，可以為人增壽。

147

圖5-17　放鞭炮迎新年，
《清史圖典》插畫

鞭炮的起源至今有兩千多
年的歷史。歷史上叫「爆
竹」「爆竿」「炮仗」
等。據說一次偶然的機
會，人們發覺年獸原來怕
紅、怕光、怕響聲，所以
每至年末歲首，家家户户
就貼紅紙、穿紅袍、掛紅
燈、敲鑼打鼓、燃放爆
竹，以嚇跑年獸。這樣，
過年燃放爆竹等活動就一
年年流傳下來成了習俗。

出名。守歲，就是在舊年的最後一天夜裏不睡覺，熬夜迎接新一年到來
的習俗，也叫除夕守歲，俗名「熬年」。探究這個習俗的來歷，在民間流
傳著一個有趣的故事：太古時期，有一種兇猛的怪獸，散居在深山密林
中，牠們形貌猙獰，生性兇殘，喜食動物和人類，人們對牠們十分害怕，
管牠們叫「年」（圖5-17）。所幸的是，「年」不是每天都出來，牠們的活
動是有規律的，一般是每隔三百六十五天才會竄到人類聚居的地方來殘食

牲畜和人類，而且只在天黑以後才會出沒，一旦雞鳴破曉，牠們便會返回山林。人們把「年」肆虐的這一夜視爲可怕的關口，稱做「年關」。掌握了「年」的活動規律之後，老百姓計算著日子，每到年關這天晚上，家家戶戶都門窗緊閉，把雞禽牲畜也都關了起來，並提前做好晚飯，熄火淨灶，全家老小圍坐在一起，躲在屋裏吃「年夜飯」（圖5-18）。由於害怕被「年」發覺，吃晚飯時，誰也不敢發出大的聲響，而且吃得很慢。由於凶吉未卜，所以這頓晚餐置辦得很豐盛，家家都把最好的食物拿出來。飯前，都要先供祭祖先，祈求祖先的神靈保佑，平安地度過這一夜。飯後，

圖5-18　年夜飯，清代《闓風廣義》插畫

年夜飯又稱圍圓飯，一般在除夕晚上吃。年夜飯要慢慢地吃，有的人家從傍晚開始，一直要吃到深夜。當然，各地的風俗各有不同，在如今南方的某些地區，吃年夜飯時，家家戶戶都大門緊閉，輕聲細語，不能弄出大的聲響。吃完年夜飯並將碗筷收拾乾淨後，才能打開大門。這些習俗明顯可以與傳說相印證。

圖5-19　貼吉語題聯，《每日古事畫報》插畫

每逢婚喪嫁娶等活動或逢年過節時候，中國人都喜歡貼對聯。春節時貼的對聯就叫春聯，春聯最初的用意是爲了驅鬼辟邪，後來就成了一種喜慶與祝福的象徵。

圖5-20 門神神荼、鬱壘，清末年畫

相傳，神荼與鬱壘是兄弟，由於擅長捉惡鬼以
餵虎，惡鬼都怕了他們，老百姓就在門上畫神
荼、鬱壘及老虎像，以驅鬼辟邪。左門畫神
荼，右門畫鬱壘，民間稱他們爲左右門神。此
習俗流傳至今，但神荼、鬱壘之後又湧現出許
多門神，如今各地所信奉的門神不一。傳說春
聯的產生也與神荼、鬱壘有關。

誰也不敢睡覺，圍坐在一起閒聊壯膽。就這樣，逐漸形成了除夕熬年守歲的
習慣。守歲習俗興起於南北朝，人們點起蠟燭或油燈，通宵守夜，象徵著把
一切邪瘟病疫照跑驅走，期待著新的一年吉祥如意，這種風俗流傳至今。

　　　貼春聯的習俗，大約始於一千多年前的後蜀時期（圖5-19）。春聯的原

始形式就是人們所說的「桃符」。在中國古代神話傳說中，相傳有一個鬼域的世界，當中有座山，山上有一棵枝葉能覆蓋三千里的大桃樹，樹梢上有一隻金雞。桃樹的東北處是鬼域的大門，鬼魂通過大門夜出曉歸。每當清晨金雞長鳴時分，夜晚出去遊蕩的鬼魂就必須趕回鬼域。大門兩邊各站著一位神人，名叫神荼和鬱壘（圖5-20），負責監察鬼魂在夜間是否幹了傷天害理之事。一旦神荼、鬱壘發覺有幹了壞事的鬼魂就會立即用芒葦做的繩子把它捆捉起來，送去餵虎。因而天下的鬼都懼怕神荼、鬱壘。於是，人們就用桃木刻成神荼和鬱壘的模樣，放在自家門口，以辟邪防祟。後來，人們簡化了過程，直接把神荼和鬱壘的名字刻在桃木板上，用他們的名字來鎮邪祛惡。這種桃木板就被叫做「桃符」。到了宋代，人們開始在桃木板上寫上對聯，既不失桃木鎮邪的本意，又可以表達吉祥的祝福和美好的心願。後來，桃木板被大紅紙取代，在大紅紙上寫對聯，既美觀又喜慶。至此，春聯的形式基本定型，貼春聯的習俗也成為春節期間一道不可或缺的風景。

　　每年的正月初七，中國的古人們還要過一個重要的節日──「人日」。人日就是指「人的生日」，也是一個非常古老的節日，至少有兩千年以上的歷史。有關人日的起源有一種神話解釋。前面我們已經講過女媧造人的神話，其實在造人之前，女媧還造了其他的動物。傳說女媧初創世時，第一天造出了雞，第二天造出了狗，第三天造出了豬，第四天造出了羊，第五天造出了牛，第六天造出了馬，第七天才造出了人。所以每年的開頭第七天就是人類的生日──人日。因此人日是對女媧第七天造人的紀念。

　　中國古人們在正月初七這天，將七種菜合煮成羹湯，吃了可以祛病辟邪。並用五彩絲絹或金箔剪成人的形象貼在屏風上或戴在頭鬢，做裝飾辟邪，或剪紙花互相饋贈。相傳這一天如果天氣晴好、人事和悅，就意味著新的一年裏人丁興旺、吉祥平安。若恰巧在這一天有孕婦分娩則更為喜

慶。文人學士則喜歡在這一天登高賦詩，出遊郊野。現在，人日漸漸被忘卻了，但人們對美好生活的企盼和一些習俗還是被保留下來了，比如攤煎餅、吃七寶羹等，有的地方還習慣在初七吃麵條。

中秋節是中國人僅次於春節的第二大節日，也是中國人的第二個團圓節，時間是農曆八月十五。每到這一天，家人團聚，一起吃月餅，賞明月，人們還互贈月餅以表達良好祝願。在中秋節的演變過程中，神話傳說起到了重要作用，其中最有名的就是嫦娥奔月的故事，它使月宮披上了神秘絢麗的光環，使中秋節也充滿了浪漫色彩。

嫦娥奔月的故事緊跟著羿射日除害的故事。因羿射落的九個太陽皆是天帝之子，天帝大為惱怒，將羿和妻子嫦娥貶入凡間。西王母同情羿的遭遇，就把長生不老藥送給他。心術不正的逢蒙是羿的徒弟，他趁羿率眾外出狩獵之機，逼嫦娥交出不死藥。嫦娥知道自己不是對手，當機立斷將藥一口吞下。隨後，嫦娥就輕飄飄向天上飛去，由於嫦娥牽掛著丈夫，便飛落到離人間最近的月亮上成了仙。悲痛欲絕的羿，仰望著夜空呼喚愛妻的名字。這時他驚奇地發現，今天的月亮格外皎潔明亮，而且有個晃動的身影酷似嫦娥。羿急忙派人到嫦娥喜愛的後花園裏，擺上香案，放上她平時最愛吃的蜜食鮮果，遙祭在月宮裏還眷戀著自己的妻子。百姓們聞知嫦娥奔月成仙的消息後，紛紛在月下擺設香案，向善良的嫦娥祈求吉祥平安。從此，中秋節拜月的風俗在民間傳開了（圖5-21）。

中國神話中保留著上古早期居民抗爭的辛苦、探索的艱險、災難的印痕和不朽的偉業。在這其中，許多神話傳說演變為民俗，這些民俗抹去了抗爭中的疼痛、災難時的淚水，留下了一派祥和的歡樂，自有一番樂觀豁達、娛神娛人的面貌。中國自神話時代就孕育的昂揚精神與堅韌勤勞的民族性格，自上古至今而不絕如縷。神話的時代離我們很遠，但神話的精神就存在於我們日常的生活中，存在於每一位華夏子孫的血脈裏！

兔兒轉運

杜會風俗，每逢八月十五日為中秋節，是日夜晚月上時，家之婦女著盛妝服，長幼於月下設兔兒神紙像獻瓜果焚香燭虔誠膜拜，美其名曰圓月。家於尸曉，視為定例。蓋如大祝典爆竹之聲相續不絕。小兒女前後歡呼，婦女等冬與帝欣喜，以為非是不足以應佳節云。

按兔兒神不知於何年得道，竟能使少全國女界一體歡迎。其神通不可謂不大然將以兔兒二字寫人為極下賤之名辦今又虔誠而崇拜之豈兔兒亦有時轉運耶吾兔為世之非兔而實兔者可為一顧。

圖5-21　兔兒轉運，清末民初天津石印畫報《醒俗畫報》

畫報展現的是八月十五中秋節，晚上家庭婦女於月下設下兔兒神像，擺上瓜果，焚香燭，虔誠拜月的情景。傳說月亮裏頭有一隻玉兔，一說玉兔就是嫦娥的化身，一說玉兔是嫦娥的伴侶，所以人們拜兔就是拜月，希望拜兔能帶來好運。

參考文獻

[1] 褚斌傑。中國古代神話[M]。上海：少年兒童出版社，1956。

[2] 高亨，董治安。上古神話[M]。北京：中華書局，1963。

[3] 茅盾。神話研究[M]。天津：百花文藝出版社，1981。

[4] 馮天瑜。上古神話縱橫談[M]。上海：上海文藝出版社，1983。

[5] 袁珂。中國傳說故事[M]。成都：四川少年兒童出版社，1984。

[6] 袁珂。中國神話傳說詞典[M]。上海：上海辭書出版社，1985。

[7] 谷德明。中國少數民族神話[M]。北京：中國民間文藝出版社，1987。

[8] 袁珂。中國神話史[M]。上海：上海文藝出版社，1988。

[9] 丁山。中國古代宗教與神話考[M]。上海：上海文藝出版社，1988。

[10] 郎櫻。中國少數民族英雄史詩《瑪納斯》[M]。杭州：浙江教育出版社，1990。

[11] 仁欽道爾吉。中國少數民族英雄史詩《江格爾》[M]。杭州：浙江教育出版社，1990。

[12] 楊恩洪。中國少數民族英雄史詩《格薩爾》[M]。杭州：浙江教育出版社，1990。

[13] 劉城淮。中國上古神話通論[M]。昆明：雲南人民出版社，1992。

[14] 鄧啟耀。中國神話的思維結構[M]。重慶：重慶出版社，1992。

[15] 潛明茲。中國古代神話與傳說[M]。北京：商務印書館，1996。

[16] 潛明茲。中國少數民族英雄史詩[M]。北京：商務印書館，1996。

[17] 李劍平。中國神話人物辭典[M]。西安：陝西人民出版社，1998。

[18] 孫作雲。中國古代神話傳說研究[M]。開封：河南大學出版社，2003。

[19] 伯特曼。奧林匹斯山之巔：破譯古希臘神話故事[M]。韓松譯。上海：復旦大學出版社，2005。

[20] 葉舒憲。中國神話哲學[M]。西安：陝西人民出版社，2005。

[21] 王以欣。神話與歷史：古希臘英雄故事的歷史和文化內涵[M]。北京：商務印書館，2006。

[22] 陳連山。中國神話傳說[M]。北京：五洲出版社，2008。

[23] 王憲昭。中國各民族人類起源神話母題概覽[M]。北京：民族出版社，2009。

責任編輯　　雪　兒

封面設計　　陳德峰

中華文化基本叢書──── O4

書　　名　　**文明的童年：中國神話傳說**

著　　者　　方銘　朱聞宇　謝君

出　　版　　三聯書店（香港）有限公司

　　　　　　香港北角英皇道 499 號北角工業大廈 20 樓

　　　　　　20/F., North Point Industrial Building,

　　　　　　499 King's Road, North Point, Hong Kong

香港發行　　香港聯合書刊物流有限公司

　　　　　　香港新界大埔汀麗路 36 號 3 字樓

版　　次　　2014 年 10 月香港第一版第一次印刷

規　　格　　16 開（165 × 230 mm）172 面

國際書號　　ISBN 978-962-04-3503-4

　　　　　　© 2014 Joint Publishing (H.K.) Co., Ltd.

　　　　　　Published in Hong Kong